O conde e o passarinho

RUBEM BRAGA

O conde e o passarinho

São Paulo

2018

global editora

© Roberto Seljan Braga, 2017
7ª Edição, Global Editora, São Paulo 2018

Jefferson L. Alves – diretor editorial
Gustavo Henrique Tuna – editor assistente
André Seffrin – coordenação editorial
Flávio Samuel – gerente de produção
Flavia Baggio – coordenação de revisão
Jefferson Campos – assistente de produção
Alice Camargo e Patrizia Zagni – revisão
Eduardo Okuno – projeto gráfico
Victor Burton e Adriana Moreno – capa

Obra atualizada conforme o
NOVO ACORDO ORTOGRÁFICO DA LÍNGUA PORTUGUESA.

CIP-BRASIL. CATALOGAÇÃO NA FONTE
SINDICATO NACIONAL DOS EDITORES DE LIVROS, RJ

B792c
7.ed.

Braga, Rubem
O conde e o passarinho / Rubem Braga. – 7. ed. – São Paulo: Global, 2018.

ISBN 978-85-260-2423-6

1. Crônica brasileira. I. Título.

18-48673 CDD:869.8
CDU:821.134.3(81)-8

Leandra Felix da Cruz – Bibliotecária – CRB-7/6135

Direitos Reservados

global editora e distribuidora ltda.
Rua Pirapitingui, 111 – Liberdade
CEP 01508-020 – São Paulo – SP
Tel.: (11) 3277-7999 – Fax: (11) 3277-8141
e-mail: global@globaleditora.com.br
www.globaleditora.com.br

Colabore com a produção científica e cultural.
Proibida a reprodução total ou parcial desta obra sem a autorização do editor.

Nº de Catálogo: **4027**

Nota da Editora

Coerente com seu compromisso de disponibilizar aos leitores o melhor da produção literária em língua portuguesa, a Global Editora abriga em seu catálogo os títulos de Rubem Braga, considerado por muitos o mestre da crônica no Brasil. Dono de uma sensibilidade rara, Braga alçou a crônica a um novo patamar no campo da literatura brasileira. O escritor capixaba radicado no Rio de Janeiro teve uma trajetória de vida de várias faces: repórter, correspondente internacional de guerra, embaixador, editor – mas foi como cronista que se consagrou, concebendo uma maneira singular de transmitir fatos e percepções de mundo vividos e observados por ele em seu cotidiano.

Sob a batuta do crítico literário e ensaísta André Seffrin, a reedição da obra já aclamada de Rubem Braga pela Global Editora compreende um trabalho minucioso no que tange ao estabelecimento de texto, considerando as edições anteriores que se mostram mais fidedignas e os manuscritos e datiloscritos do autor. Simultaneamente, a editora promove a publicação de textos do cronista veiculados em jornais e revistas até então inéditos em livro.

Ciente do enorme desafio que tem diante de si, a editora manifesta sua satisfação em poder convidar os leitores a decifrar os enigmas do mundo por meio das palavras ternas, despretensiosas e, ao mesmo tempo, profundas de Rubem Braga.

SUMÁRIO

Como se fora um coração postiço   13

Fifi   16

Rumba   18

Cuspir   20

Ao respeitável público   22

As carrascas   25

A carta   28

Pequenas notícias   31

Alady   33

O violinista   36

Recenseamento   38

Mato Grosso   40

Animais sem proteção   43

Sentimento do mar   46

A empregada do Dr. Heitor   50

Mistura   54

Cangaço   57

Batalha no Largo do Machado   60

O conde e o passarinho   66

A lua e o mar   69

Conto histórico   73

Chegou o outono   80

Noturno de bordo   83

Véspera de São João no Recife   86

Luto da família Silva   91

Recife, tome cuidado   93

Reflexões em torno de Bidu   95

Mais amplas reflexões em torno de Bidu   99

O conde e o passarinho

Como se fora um coração postiço

Nasceu, na doce Budapeste, um menino com o coração fora do peito. Porém – diz um Dr. Mereje – não foi o primeiro. Em São Paulo, há sete anos, nasceu também uma criança assim. "Tinha o coração fora do peito, como se fora um coração postiço."

Como se fora um coração postiço... O menino paulista viveu quatro horas. Vamos supor que tenha nascido às cinco horas. Cinco horas! Cinco horas! Um meu amigo, por nome Carlos, diria:

... a hora em que os bares se fecham
e todas as virtudes se negam...

Madrugada paulista. Boceja na rua o último cidadão que passou a noite inteira fazendo esforço para ser boêmio. Há uma esperança de bondes em todos os postes. Os sinais das esquinas – vermelhos, amarelos, verdes – verdes, amarelos, vermelhos – borram o ar de amarelo, de verde, de vermelho. Olhos inquietos da madrugada. Frio. Um homem qualquer, parado por acaso no Viaduto do Chá, contempla lá em baixo umas pobres árvores que ninguém nunca jamais contemplou. Humildes pés de manacá, lá em baixo. Pouquinhas flores roxas e brancas. Humildes manacás, em fila, pequenos, tristes, artificiais. As esquinas piscam. O olho vermelho do sinal sonolento, tonto na cerração, pede um poema que ninguém faz. Apitos lá longe. Passam homens de cara lavada, pobres, com embrulhos de jornais debaixo do braço. Esta velha mulher que vai andando pensa em outras madrugadas. Nasceu, em uma casa distante, em um subúrbio adormecido, um menino com o coração fora do peito. Ainda é noite dentro do quarto fechado, abafado, com a lâmpada acesa, gente suada. Menino do coração fora do peito, você devia vir cá fora receber o beijo da madrugada. Seis horas. O coração fora do peito bate docemente. Sete horas – o coração bate... Oito horas – que sol claro, que barulho na rua! – o coração bate...

Nove horas – morreu o menino do coração fora do peito. Fez bem em morrer, menino. O Dr. Mereje resmunga: "Filho de pais alcoólatras e sifilíticos..." Deixe falar o Dr. Mereje. Ele é um médico, você é o menino do coração fora do peito. Está morto. Os "pais alcoólatras e sifilíticos" fazem o enterro banal do anjinho suburbano. Mas que anjinho engraçado! – diz Nossa Senhora da Penha. O anjinho está no céu. Está no limbo, com o coração fora do peito. Os outros anjinhos olham espantados. O que é isso, seu paulista? Mas o menino do coração fora do peito está se rindo. Não responde nada. Podia contar a sua história: "o Dr. Mereje disse que..." – mas não conta. Está rindo, mas está triste. Os anjinhos todos querem saber. Então o menino diz:

— Ora, pinhões! Eu nasci com o coração fora do peito. Queria que ele batesse ao ar livre, ao sol, à chuva. Queria que ele batesse livre, bem na vista de toda a gente, dos homens, das moças. Queria que ele vivesse à luz, ao vento, que

batesse a descoberto, fora da prisão, da escuridão do peito.
Que batesse como uma rosa que o vento balança...
Os anjinhos todos do limbo perguntaram:
— Mas então, paulistinha do coração fora do peito,
pra que é que você foi morrer?
O anjinho respondeu:
— Eu vi que não tinha jeito. Lá em baixo todo mundo carrega o coração dentro do peito. Bem escondido, no escuro, com paletó, colete, camisa, pele, ossos, carne cobrindo. O coração trabalha sem ninguém ver. Se ele ficar fora do peito é logo ferido e morto, não tem defesa.
Os anjinhos todos do limbo estavam com os olhos espantados. O paulistinha foi falando:
— E às vezes, minha gente, tem paletó, colete, camisa, pele, ossos, carne, e no fim disso tudo, lá no fundo do peito, no escuro, não tem nada, não tem coração nenhum... E quando eu nasci, o Dr. Mereje olhou meu coração livre, batendo, feito uma rosa que balança ao vento, e disse, sem saber o que dizia: "parece um coração postiço". Os homens todos, minha gente, são assim como o Dr. Mereje.
Os anjinhos estavam cada vez mais espantados. Pouco depois começaram a brincar de bandido e mocinho de cinema e aí, foi, acabou a história. Porém o menino estava aborrecido, foi dormir. Até agora, ele está dormindo. Deixa o anjinho dormir sono sossegado, doutor Mereje!

São Paulo, novembro, 1933

Fifi

A estrela de cinema Fifi Dorsay contraiu núpcias com o senhor Maurício Hill, filho de abastado industrial de Chicago. A cerimônia realizou-se na Igreja de São Vitor, em Hollywood, depois de um "ensaio de lua de mel" de três semanas, que, segundo declarações da própria atriz, deu "resultados plenamente satisfatórios".

A minha posição diante de Hollywood é apenas a de um inconsolável basbaque. E Fifi me alegra. Wilde amava os poetas medíocres, mas, naturalmente, para efeito de paradoxo. Eu uso apenas três poetas, todos de primeira água. Um deles é Jesus Cristo, e os outros dois são Sacco e Vanzetti. Fora deste detalhe, sou um apaixonado da mediocridade. Gosto de filé com fritas e de chope, aprecio os bondes, as gravatinhas--borboletas, as pensões familiares e vários produtos nacionais. Este é o meu mundo, e, se não o amasse, já teria me suicidado, porque não tenho forças para subir nem coragem para descer.

Fifi é medíocre, dessa mediocridade que é a fortuna de Henry Ford, Getúlio Vargas e outros artistas pan--americanos. Perdão, Fifi, se não posso amar-te. Apenas te venero. Veneração sem desejo nem arrependimento, sem cuidados e sem crises. Eu te venero como o dinheiro que recebo no fim do mês, como a cadeira onde me sento para escrever, o garçom do restaurante que me alimenta, a navalha que me faz a barba, a folhinha onde conto os dias e o bar onde os esqueço.

Se me encontrasse contigo não providenciaria um táxi nem beijaria a tua mão. Seria inútil e ridículo. Jamais te acostumarias com a minha vida. Havias de querer uma vitrola no apartamento, porque não sabes que eu só amo as vitrolas quando me encosto, para ouvir um samba, à porta de uma casa de música. Podias ter o capricho de uma pequena biblioteca elegante, discreta e ornamental, porque não sabes que só amo os livros quando os leio no bonde ou na mesa de trabalho, entre um sanduíche e um título de telegrama. Jamais me entenderias, Fifi, por culpa minha e dos meus vencimentos. Nossa *liaison* seria um filmezinho banal, sem um *gag* a Chaplin e sem um *hokum* a Dietrich.

Poderias querer um ensaio de lua de mel, porque não sabes que eu só amo o amor quando ele vem sem *demarches* e sem intenções, a preços módicos, na rua de qualquer madrugada, ou no meio de uma festinha familiar, entre um tango mal dançado e uma frase sobre o calor. Eu acabaria me enforcando com uma gravatinha-borboleta, dessas de 1$600, e tu irias ao enterro de mau humor, e acharias lastimável. Perdão, Fifi.

São Paulo, dezembro, 1933

Rumba

Mani...

Ouvi novamente essa rumba já velha em um *short* magnífico, onde uma tresloucada e perfeita bailarina saltava diante de um *jazz* alucinado. Mani... A gente carece meditar bastante nessa música e em todas essas músicas que a pobre Cuba vai exportando com mais proveito que o açúcar de suas usinas. Oh, a Pérola das Antilhas! Havana, charutos de Havana, ruas álacres de Havana, desperdícios dos governos, palácios, cassinos de Havana. Os dólares rolam sobre as *carreteras* deslumbrantes, os embaixadores são odiados, o povo grita e mata, as revoluções rebentam, como flores rubras e tropicais. Mani... A rumba continua. E é uma rumba feita de sangue e de ideais desvairados, onde os sargentos viram generais, as greves estalam e de repente não há água, não há luz, e as multidões morenas começam a marchar sob as fuzilarias sem explicação. Então se afirma que dois navios de guerra encostaram ao porto com mil fuzileiros navais, e talvez os rebeldes inesperados desembarquem no meio da noite. O governo toma medidas enérgicas, envia tropas, proíbe, declara, proclama, foge, e as tropas vão e voltam, se encontram, se matam. Os cartazes trucidam os plutocratas, as metralhadoras alvejam a emenda Platt, a Junta se reúne, os operários se revoltam, as guarnições se desmantelam e há segredos terríveis que nunca serão revelados. *Mani...* Um padre apareceu assassinado, o terrorismo irrompe, mas às duas horas da madrugada se verifica que está reinando completa paz, enquanto um avião bombardeia não se sabe onde. Combina-se um decreto no Grande Hotel Nacional mandando fechar a Universidade, mas não se pode, porque os estudantes estão lá dentro atirando heroicamente. Então se reabre a Universidade, mas os estudantes estão nas trincheiras dos canaviais e os operários trucidam os mercenários, os jornais empastelados ressurgem e os telefones são cortados.

No entanto, aquela bailarina baila, está dançando demasiado viva e sensual, os seus braços são cobras sob as palmeiras que farfalham, nas suas veias corre um sangue que jamais deveria ser derramado, e o seu corpo moreno jamais deveria ficar imóvel. Ela dança, e de seus cabelos assanhados sai o perfume dos unguentos violentos e seus lábios me parecem tão vermelhos que o sangue estala sob a mucosa fina. Ainda bem, meu irmão, que nesta rumba não temos sossego para olhar bem seus olhos que talvez nos dissessem a verdade sobre os abismos indizíveis da ternura e do sonho. E ainda bem que ela não veio toda nua, porque a própria rumba perderia o controle de seu corpo e de suas pernas indígenas e alucinantes e de seus pés que são asas de fogo bronzeado bailando sobre o chão heroico. Ainda bem que ainda temos tamanhas esperanças de tomar parte em milhares de revoluções.

São Paulo, janeiro, 1934

CUSPIR

Theodoro Kempers é filósofo por necessidade profissional. Os filósofos, em geral, cospem. Filosofar é, antes de tudo, cuspir. Theodoro Kempers tem uma função obscura e proeminente na família dos trabalhadores dos Diários Associados. Cidadão holandês, de cara vermelha, olhos alcoólicos, *pince-nez* doutoral e cabeleira comunista, Theodoro Kempers cospe. A culpa não é sua. O destino fez de Theodoro Kempers chefe da seção de gravura dos Diários paulistas. Sabeis, meu caro doutor Getúlio Vargas, o que é um chefe de seção de gravura? É um homem que, por meio da magia violenta dos ácidos e dos metais, pode tornar vossa excelência orelhudo como um burro, gordo como um suíno, negro como um urubu, barbado como um bode, trombudo como um elefante. Ele pode destruir, com um só golpe, o sorriso cândido que constantemente visita os lábios de vossa excelência. Ele é, em resumo, o diretor das caras. Padres, declamadoras, assassinos, estadistas, almirantes, poetas, todos os bichos da vaidosa fauna humana passam sob as lunetas de Theodoro Kempers. Eis porque Theodoro Kempers aprendeu a cuspir. A vida está cheia de clichês, a vida é uma coleção de clichês, e Theodoro Kempers é o Criador dos Clichês.

No dia 29 do mês corrente, ele cuspiu. Cuspiu na terra maldita, povoada de clichês ridículos. O glorioso e sagrado asfalto bandeirante não reagiu. Mas ai! – uma pequenina partícula da saliva do patrício da rainha Guilhermina pousou sobre o para-lama de um automóvel que passava. O automóvel parou, e dele saltou nada menos que uma autoridade policial. Nada menos que uma autoridade – tremei, oh mundos! – da Delegacia de Ordem Política. Theodoro Kempers foi preso e esbofeteado até perder os sentidos.

Horrível pecado cometeste, meu companheiro Theodoro Kempers! Um automóvel da polícia é um animal sagrado, como o íbis e o elefante branco. Nós outros, pedestres e populares, devemos venerá-lo. Respiremos a fumaça que sai de seu escapamento como se fora um incenso divino. Ouçamos a descarga de seus motores como se fora música do infinito. Beijemos o rastro de seus pneumáticos como se nossos lábios osculassem a marca sagrada dos pés do Senhor. Nosso ideal supremo, nosso Nirvana, é morrer um dia sob suas rodas sacrossantas. E tu cuspiste, Theodoro Kempers! Disseste que foi no chão. Cuspir no animal sagrado é o mais horroroso e torpe dos pecados, o mais baixo e infamante dos crimes. Cuspir no chão é má ação. Cuspir para o céu é mau, porque a cusparada volta e estala sobre nossa cabeça. Se quiseres cuspir, Theodoro Kempers, aprende comigo a cuspir delicadamente na cara dos homens. Salvo em alguns, que são demasiado sujos para servir de escarradeira.

São Paulo, janeiro, 1934

Ao respeitável público

Chegou meu dia. Todo cronista tem seu dia em que, não tendo nada a escrever, fala da falta de assunto. Chegou meu dia. Que bela tarde para não se escrever! Esse calor que arrasa tudo; esse Carnaval que está perto, que aí vem no fim da semana; esses jornais lidos e relidos na minha mesa, sem nada interessante; esse cigarro que fumo sem prazer; essas cartas na gaveta onde ninguém me conta nada que possa me fazer mal ou bem; essa perspectiva morna do dia de amanhã; essa lembrança aborrecida do dia de ontem; e outra vez, e sempre, esse calor, esse calor, esse calor...

Portanto, meu distinto leitor, portanto, minha encantadora leitora, queiram ter a fineza de retirar os olhos desta coluna. Não leiam mais. Fiquem sabendo que eu secretamente os odeio a todos; que vocês todos são pessoas aborrecidas e irritantes; que eu desejo sinceramente que todos tenham um péssimo Carnaval, uma horrível Quaresma, um infelicíssimo ano em 1934, uma vida toda atrapalhada, uma morte estúpida!

Aproveitem este meu momento de sinceridade e não se iludam com o que eu disser amanhã ou depois, com a minha habitual falta de vergonha. Saibam que o desejo mais sagrado que tenho no peito é mandar vocês todos simplesmente às favas, sem delicadeza nenhuma.

Por que ousam gostar ou aborrecer o que escrevo? O que têm comigo? Acaso me conhecem, sabem alguma coisa de meus problemas, de minha vida? Então, pelo amor de

Deus, desapareçam desta coluna. Este jornal tem dezenas de milhares de leitores; por que é que no meio de tanta gente vocês e só vocês, resolveram ler o que escrevo? O jornal é grande, senhorita, é imenso, cavalheiro, tem crimes, tem esporte, tem política, tem cinema, tem uma infinidade de coisas. Aqui, nesta coluna, eu nunca lhes direi nada, mas nada de nada, que sirva para o que quer que seja. E não direi porque não quero; porque não me interessa; porque vocês não me agradam; porque eu os detesto.

Portanto, se a senhorita é bastante teimosa, se o cavalheiro é bastante cabeçudo para me ter lido até aqui, pensem um pouco, sejam bem-educados e deem o fora. Eu faço votos para que vocês todos amanheçam amanhã atacados de febre amarela ou de tifo exantemático. Se houvesse micróbios que eu pudesse lhes transmitir assim, através do jornal, pelos olhos, fiquem sabendo que hoje eu lhes mandaria as piores doenças: tracoma, por exemplo.

Mas ainda insistem? Ah, se eu pudesse escrever aqui alguns insultos e adjetivos que tenho no bico da pena! Eu lhes garanto que não são palavras nada amáveis; são dessas que ofendem toda a família. Mas não posso e não devo. Eu tenho de suportar vocês diariamente, sem descanso e sem remédio. Vocês podem virar a página, podem fugir de mim quando entendem. Eu tenho de estar aqui todo dia, exposto à curiosidade estúpida ou à indiferença humilhante de dezenas de milhares de pessoas.

Fiquem sabendo que eu hoje tinha assunto e os recusei todos. Eu poderia, se quisesse, neste momento, escrever duzentas crônicas engraçadinhas ou tristes, boas ou imbecis, úteis ou inúteis, interessantes ou cacetes. Assunto não falta, porque eu me acostumei a aproveitar qualquer assunto. Mas eu quero hoje precisamente falar claro a vocês todos. Eu quero, pelo menos hoje, dizer o que sinto todo dia: dizer que se eu os aborreço, vocês me aborrecem terrivelmente mais.

Amanhã eu posso voltar bonzinho, manso, jeitoso; posso falar bem de todo o mundo, até do governo, até da polícia. Saibam desde já que eu farei isto porque sou cretino por profissão; mas que com todas as forças da alma eu desejo que vocês todos morram de erisipela ou de peste bubônica. Até amanhã. Passem mal.

São Paulo, fevereiro, 1934

As carrascas

Dizem que a mulher é parte fraca... Não é. Houve um concurso para carrasco em uma capital europeia, e se apresentaram quatorze mulheres. Bonitas? Com certeza, não. As bonitas fazem sua matança livremente, todo o dia. Eu sou um antigo assassinado. Há sorrisos que enforcam; outros guilhotinam, outros eletrocutam. E navalham, atiram, envenenam, esfolam. Nas tardes velhas de Ouro Preto, Joana, Joana de Ouro Preto, me enforcava livremente. Eu não conseguia nunca saber se ela estava rindo ou sorrindo, se era doce ou amargo, de mim ou para mim. Sentia o enforcamento no pescoço, e a voz morria, Joana! Joana desumana, então, é que se desandava a sorrir de outro jeito. Se um anjo do Aleijadinho visse aquele seu jeito, coitado do anjo. O capeta se instalava no seu corpinho gorducho e ele transferia sua residência do limbo para o inferno, e ainda dizendo que era com muito prazer e muita honra.

Joana era um pecado mortalíssimo. Sua doçura me arruinou. Já Pierina é venial, amplamente venial. Sei que ela tem muita e má danação, mas é danação de purgatório, perdoável. Ela me apunhala, essa carrasca, e eu morro.

Outras muitas me mataram. E todos nós, irmãos, somos assassinados muitas vezes assim.

Ora, pois, o que fazem as quatorze carrascas de Budapeste? Será Budapeste? Serão quatorze? Li o telegrama, e havia um nome e um número. Minha memória se pegou ao fato e largou o número e o nome. Não importa. Sejam quatorze, e sejam de Budapeste. Fossem noventa, e fossem de Sófia. São carrascas, ou querem ser carrascas, e eis o que interessa, e é triste. Elas são feias. Eu as imagino pesadonas e ignóbeis; rudes e mesquinhas. São as quatorze piores mulheres de Buda e de Peste; as piores da margem direita e da margem esquerda do Danúbio, desde a nascente à foz; as piores das margens de todos os rios e das praias de todos os mares do mundo. Nunca merecerão o adjetivo *gentil*. É o adjetivo principal, que toda mulher carece merecer, o único empregado por Casimiro nas estrofes de mais inspiração.

Não são gentis. São horríveis. Se alguma chegar a ser carrasca, eu prometo nunca ser condenado à morte em Budapeste. Que Deus me dê, na hora derradeira, um sorriso de mulher gentil para eu morrer em estado de graça. Morrer na forca, morrer olhando uma estúpida megera, uma carrasca pesadona e feia, é sentença que não cabe em nenhum crime.

Carrascas de Budapeste ou de onde quer que sejais. Vós, mulheres da morte, desmoralizais as mulheres e a morte. Sois piores que monstros. Quando fordes para o inferno, o Diabo tremerá de vergonha e de medo diante de vós. Ele se sentirá desacatado, fechará seu estabelecimento e fugirá. Sois tão ignóbeis que, ao vosso lado, a mãe de Pierina me parece um anjo, o mais lindo anjo das janelas do Brás. O condenado que morrer em vossas mãos será perdoado de todos os pecados, e ficará de alma tão limpa, que Deus lhe dará diploma de santo.

Mas a vossa lembrança o tornará eternamente desgraçado.

Quereis ser mulheres fatais por concurso, e sob a proteção da lei. Será esta a vossa vingança contra os homens que nunca soubestes fazer morrer com um sorriso gentil, qual o de Joana de Ouro Preto. Mas nem assim sereis mulheres fatais. Ninguém mais terá coragem de cometer um crime em Budapeste; e se alguém cometer, nenhum juiz será bastante miserável para entregar o réu às vossas garras. Sereis bruxas funcionárias, assassinas burocratas, amanuenses da repartição da morte. Morrereis de raiva quando o condenado se matar na prisão. Morrereis todas, oh pestes de Budapeste, pesteadas pela própria pestilência!

São Paulo, maio, 1934

A CARTA

Existe, no jornal em que trabalho, como existe em muitos jornais, um redator essencialmente agrícola. É um homem encarregado de explicar diariamente aos seus leitores qual o melhor meio de plantar batatas. Recebe do interior misteriosos embrulhinhos registrados, contendo lagartas, pedacinhos de raízes e punhados de terra, para opinar sobre esses objetos. E opina. É um ofício heroico, remediar à distância a dor de barriga de um porco ou matar os insetos que atacam um pé de abacate situado a 950 quilômetros da redação do jornal.

Na sua correspondência de hoje, o meu colega recebeu uma carta que o deixou profundamente triste. Passou-a à minha mesa, dizendo que eu devo respondê-la. Na sua opinião, eu sou um literato, e a carta é de literata. Veio de Lençóis. Quem a assina já me dirigiu várias cartas que não respondi. É uma senhorita que, estando profundamente sem ter o que fazer, diverte-se escrevendo cartas anônimas a todos os jornalistas. Enfim: uma senhorita sem caráter, uma senhorita patife.

Creio que mora em alguma fazenda, onde se entrega à contemplação da natureza e à leitura de bons livros. Ela mandou dizer ao meu colega agrícola – Fajardo da Silveira – que está procurando se consolar, no campo, das mágoas que a cidade lhe causou. E pede conselhos minuciosos a respeito. Fajardo da Silveira esteve quase respondendo. Chegou mesmo a redigir algumas frases, e veio me consultar. Disse que era "um assunto puramente humano", do qual não entendia. E explica:

— Responda você, literato, que é entendido em senhoritas. Prometo ajudá-lo quando o consultarem a respeito de vacas ou cebolas.

Eu me neguei a atendê-lo e ele passou a outras mesas da redação. O redator social declarou-lhe:

— Quando esta senhorita ficar noiva, casar, ou tiver um filho, eu tratarei dela.

O repórter policial rugiu:

— Mate esta moça, ou pelo menos, arranque-lhe a orelha esquerda. Eu publicarei o seu retrato no jornal.

O crítico musical exigiu que ela tocasse harpa ou trombone; o repórter político sugeriu que ela fizesse um discurso, e o esportivo, que ela atravessasse o Canal da Mancha.

Fajardo da Silveira berrou:

— Trata-se de uma senhorita pacata, que jamais praticará violência semelhante. Todavia, é preciso que ela seja atendida. Também não posso fazer nada, porque ela não é uma abóbora nem uma euforbiácea.

Disse, pôs a carta novamente sobre a minha mesa e postou-se em minha frente raivoso. Mas eu também não sei o que fazer com essa miserável senhorita literata e rural. Já estive ensaiando várias respostas, mas nenhuma serve absolutamente. Fajardo da Silveira acaba de sair, desanimado e disposto a tudo. Deixou comigo as frases que redigiu e que ele mesmo não julgou boas para serem publicadas em sua seção de "Vida Agrícola".

Ei-las: Eu as publico aqui, porque não tenho outra solução.

> *I.F. – Lençóis – nesta seção, senhorita, não posso cuidar de literatura. A tristeza de sua alma, infelizmente, me interessa menos que a tristeza do gado vacum. Passe bem.*

Também acho que isto não é delicado. Não se deve falar em gado vacum quando se escreve a uma senhorita. Além disso, aquele "passe bem" final tem um tom visivelmente feroz. Mas não se pode fazer nada razoável com uma senhorita que tem a mania de escrever aos jornais.

São Paulo, maio, 1934

PEQUENAS NOTÍCIAS

Dia do Trabalho... Houve uma reunião de operários em São Paulo, mas havia tanto soldado de polícia que não se sabia se era uma reunião de operários ou de soldados de polícia. A ordem foi mantida. Os operários não permitiram que a polícia praticasse nenhum distúrbio. Na véspera, em Roma, inaugurou-se um Congresso Mundial do Leite. O senhor Mussolini falou para representantes de 47 países. Um orador, segundo suponho, afirmou que, sob o regime fascista, e graças à energia incomparável do senhor Mussolini, que tem ao seu lado, indiscutivelmente, todo o glorioso povo italiano, as vacas produzem mais leite. Em seguida os representantes de 47 países beijaram a mão do papa. O papa fez um discurso em francês, aconselhando o mundo católico a beber leite, porque leite é saúde, e *mens sana in corpore sano*, como diziam os gregos. O Congresso correu em perfeita ordem, porque nenhum bezerro teve a ideia de comparecer para protestar contra a usurpação.

No mesmo dia, Deibler, o carrasco francês, fez a sua 300ª execução. Festejou o acontecimento com uma pequena farra, e, falando aos jornais, declarou que estava aperfeiçoando um novo tipo de guilhotina, mas vai abandonar o ofício. Ganhará... 7.500 francos por execução, num total de 2 milhões e 250 mil francos por trezentos pescoços.

Sabedores disso, vários sem-trabalho se dirigiram às autoridades, segundo suponho, declarando estarem dispostos a cortar pescoços, inclusive o do carrasco Deibler, por um preço muito mais baratinho. Disseram, mais, que lhes sendo facultada a escolha dos pescoços, trabalhariam inteiramente grátis.

Em Nova York, uma estatística apontou, durante o ano passado, vários casos de nascimento por fecundação artificial. Trata-se de moças que, sentindo o sublime desejo da maternidade, não quiseram, todavia, ter nenhum contato com homens. Algumas dessas jovens mães nem sequer viram a cara dos pais das crianças. O fenômeno ocorreu por correspondência. Essa notícia despertou muitos comentários, sendo considerada um sinal do maravilhoso progresso da ciência na grande República do Norte. Infelizmente o telegrama não divulga o número de jovens que, durante o ano passado, agiram em sentido exatamente contrário, isto é, a estatística das crianças que não nasceram.

São Paulo, maio, 1934

ALADY

O Comércio, de Cachoeira, Rio Grande do Sul, publicou o seguinte aviso:

> *Eu, abaixo assinado, peço ao público não cortar o cabelo de minha filha Alady, sem licença minha pessoalmente, ficando, quem cortar, sujeito a pagar 2:000$000 de réis e mais outras despesas que houver pelo mesmo motivo. Neste caso não existe amizade nenhuma a quem quer que seja. Piquiri, 5 de abril de 1934. Carlos Victor Kochenberger.*

O aviso é de 5 de abril e já estamos varando junho. Nunca mais tive notícia nenhuma dos cabelos de Alady.

Cabelos de Alady... Serão negros, brilhantes, emoldurando suas faces de neve? Serão castanhos ou dourados? Alady será morena? E as tranças de Alady, e o perfume e a fita dos cabelos de Alady?

Falei em tranças. Sim, naturalmente, haverá tranças. E o senhor Kochenberger, fumando o seu cachimbo (o senhor Kochenberger não pode deixar de fumar cachimbo) sentado em sua varanda, nas tardes mansas de Piquiri, o senhor Kochenberger se sentirá feliz vendo as tranças de sua filha.

— Vem cá, Alady.

Alady chega perto do senhor Kochenberger.

— O que é, papai?

— Fica aqui, minha filha...

E o senhor Kochenberger passa a mão nas tranças de Alady. Lindas tranças, lindas tranças, pensa o senhor Kochenberger. Parece a sua mãe, quando tinha dezesseis anos... A mão direita do senhor Kochenberger acaricia os cabelos de Alady. A mão esquerda segura o cachimbo. E do bojo escuro do cachimbo sai um fio de fumaça azulada. A luz do sol poente entra horizontal pela varanda, brilha na voluta azulada e nas tranças de Alady. E o senhor Kochenberger pensa em outras tardes, em velhas tardes...

Pobre senhor Kochenberger! Alady também sonha. Mas os seus sonhos vivem em novas tardes, em manhãs que ainda não nasceram, em dias que ainda não brilharam. Desculpe, senhor Kochenberger, mas é a pura verdade: Alady odeia essas tranças e odeia Piquiri. Alady quer cortar os cabelos, quer ir de baratinha a Cachoeira, quer passear em Porto Alegre, se casar em Montevidéu, embarcar para Buenos Aires, voar para o Rio de Janeiro, e se divorciar em Hollywood. Perdão, senhor Kochenberger, mas a sua filha é muito sapeca! Sei que ela tem jeito de santa e às vezes anda triste parecendo uma santa mesmo...

Senhor Kochenberger, de minha parte o senhor pode ficar descansado. Eu no momento não disponho de dois contos de réis. E o senhor ainda fala em "outras despesas que houver pelo mesmo motivo". Naturalmente, o senhor me mataria, mataria Alady, se mataria, e eu teria de pagar todos os enterros e mais o preço da munição.

Dois contos de réis por umas tranças não é muito barato. Talvez as tranças de Alady valham mais. Talvez um cacho dos cabelos de Alady valha mais de cem contos de réis. Mas vamos devagar, senhor Kochenberger. O senhor está pondo sua filha em leilão. Amanhã o senhor apregoará a ponta da orelha esquerda de Alady; depois o dedo mindinho, depois a covinha do queixo, depois... Senhor Kochenberger, eu seria capaz de arrematar a sua filha inteira, inteirinha, inclusive a fita de suas tranças e o sinalzinho que ela tem no ombro. A sua filha, senhor, pode ser a mais linda chinita de todos os pampas, pode ser mais bonita que dona Iolanda Pereira, Miss Universo, mais bonita que a artista mais bonita do cinema. Pode ser também feia de doer, de se desmaiar de tanta feiura. Não tem importância, senhor Kochenberger, o que tem importância é que ela não é objeto de leilão. Alady é uma pessoa viva, e o corpo de Alady pertence a Alady, porque ela ainda não o deu a ninguém. Os cabelos de Alady pertencem a Alady, estão na cabeça de Alady, descem em tranças pelas costas de Alady, sobre os ombros de Alady. Não adianta o senhor gravar de imposto de consumo os cabelos de Alady. Alady tem corpo e alma. Alady tem coração... cuidado, senhor Kochenberger, Alady tem coração, e coração de moça de tranças anda voando no ar como um periquito, chamando outro coração...

São Paulo, junho, 1934

O VIOLINISTA

O homem me carregou para diante dos mapas e dos gráficos. Olhando pela ampla janela do quarto andar, a gente poderia ver lá na praça o Teatro Municipal de São Paulo, anunciando o maior violinista do mundo. No meio da praça a feira das flores brilhava ao sol. Mais para a frente o viaduto trepidava de homens e bondes ligando as duas praças rumorejantes. E os arranha-céus se impunham no fundo azul do céu.

O homem me carregou para diante dos mapas e dos gráficos. E o homem disse: "Nesta cidade há, seguramente, cinco mil tuberculosos pobres. Contamos apenas com cem leitos em um hospital e mais cem em sanatórios particulares."

E disse mais:

— Nesta cidade morre uma criança de duas em duas horas. Os bairros proletários fabricam anjinhos sem cessar. Em cem mortos mais de trinta são crianças de zero a um ano.

E eu perguntei:

— Qual é a causa de tantas mortes?

E o homem respondeu:

— Miséria.

E prosseguiu:

— Os hospitais e os asilos rejeitam diariamente a multidão dos doentes e das crianças sem amparo. Não há leitos. Não há lugares. O governo dá 1.418 contos anuais para 235 instituições de caridade do estado. Isso quer dizer que, para cada cama de hospital o governo dá, por dia, seiscentos réis. Portugal é um país que tem a mesma população deste estado. O governo de Portugal, em vez de 1.418 contos, distribui, todo ano, para o mesmo fim, 60 mil contos; e gasta atualmente mais 60 mil contos na construção de grandes hospitais.

E o homem disse ainda:

— No interior do estado há municípios onde a percentagem de mortes sem assistência médica é de 100%. Desde o começo da crise a natalidade diminuiu e a mortalidade infantil aumentou. O movimento do albergue noturno demonstra que... A sífilis... o câncer... a fome crônica...

O homem ia falando, ia falando. Lá fora, para lá da janela azul, a feira das flores era uma alegria vermelha dentro da praça cinzenta. O Teatro Municipal de São Paulo anunciava o maior violinista do mundo. O viaduto estava repleto ligando as duas praças. Os arranha-céus se impunham no céu de anil.

O homem da Comissão de Assistência Social de São Paulo acabou de falar.

No elevador eu fui pensando em outras cidades e em outros estados onde a miséria é maior. Na praça eu comprei um cravo. O homem não cobrou nada, mas eu lhe dei quinhentos réis, com pena, e caminhei pelo viaduto. No jornal eu pedi ao secretário uma entrada para o espetáculo do maior violinista do mundo, no Teatro Municipal de São Paulo.

São Paulo, junho, 1934

Recenseamento

São Paulo vai se recensear. O governo quer saber quantas pessoas governa. A indagação atingirá a fauna e a flora domesticadas. Bois, mulheres e algodoeiros serão reduzidos a número e invertidos em estatísticas.

O homem do censo entrará pelos bangalôs, pelas pensões, pelas casas de barro e de cimento armado, pelo sobradinho e pelo apartamento, pelo cortiço e pelo hotel, perguntando:

— Quantos são aqui?

Pergunta triste, de resto. Um homem dirá:

— Aqui havia mulheres e criancinhas. Agora, felizmente, só há pulgas e ratos.

E outro:

— Amigo, tenho aqui esta mulher, este papagaio, esta sogra e algumas baratas. Tome nota de seus nomes, se quiser. Querendo levar todos é favor.

E outro:

— Eu? Tinha um amigo e um cachorro. O amigo se foi, levando minhas gravatas e deixando a conta da lavadeira. O cachorro está aí, chama-se Lord, tem três anos e meio e morde como um funcionário público.

E outro:

— Oh! sede bem-vindo. Aqui somos eu e ela, só nós dois. Mas nós dois somos apenas um. Breve, seremos três. Oh!

E outro:

— Dois, cidadão, somos dois. Naturalmente o senhor não a vê. Mas ela está aqui, está. A sua saudade jamais sairá de meu quarto e de meu peito!

E outro:

— Aqui moro eu. Quer saber o meu nome? Procure uma senhorita loura que mora na terceira casa da segunda esquina, à direita. O meu nome está escrito na palma de sua mão.

E outro:

— Hoje não é possível, não há dinheiro nenhum. Volte amanhã. Hein? Ah, o senhor é do recenseamento? Uff! Quantos somos? Somos vinte, somos mil. Tenho oito filhos e cinco filhas. Total: quinze pestes. Mas todos os parentes de minha mulher se instalaram aqui. Meu nome? Ahn... João Lourenço, seu criado. Jesus Cristo João Lourenço. A minha idade? Oh, pergunte à minha filha, pergunte. É aquela jovem sirigaita que está dando murros naquele piano. Ontem quis ir não sei onde com um patife que ela chama de "meu pequeno". Não deixei, está claro. Ela disse que eu sou da idade da pedra lascada. Escreva isso, cavalheiro, escreva. Nome: João Lourenço; profissão: idiota; idade: da pedra lascada. Está satisfeito? Não, não faça caretas, cavalheiro. Creia que o aprecio muito. O senhor pelo menos não é parente da mulher. Isso é uma grande qualidade, cavalheiro! É a virtude que eu mais admiro! O senhor é divino, cavalheiro, o senhor é meu amigo íntimo desde já, para a vida e para a morte!

São Paulo, julho, 1934

Mato Grosso

Três Lagoas, será Mato Grosso? Saltamos do trem e a poeira de nossas roupas é poeira paulista; e este cigarro que fumo foi aceso em São Paulo. Conversei com três cidadãos de Três Lagoas, e eram três paulistas.

Estamos rente à fronteira. A fronteira é o Rio Paraná. Visito a *Gazeta do Comércio* de Três Lagoas e sinto que estou em Mato Grosso. O problema de que o jornal trata com mais insistência, o maior problema municipal de Três Lagoas é o grande problema mato-grossense. Falta de gente. Mato Grosso tem 0,2 habitante por quilômetro quadrado; de modo que, para povoá-lo decentemente seria preciso que cada habitante tivesse um comprimento de cinco quilômetros e mil metros de largura.

Examinando o problema sob outro aspecto, verificamos que, em um grupo de dez cidadãos mato-grossenses faltam quarenta cidadãos. Se os dez fossem cinquenta, Mato Grosso teria uma cabeça humana por quilômetro quadrado. Nada disso acontece. Mato Grosso é um palco à procura de personagens. Três Lagoas possui terras ótimas, mas vive, ou vegeta, quase exclusivamente de gado.

Basta saltar da estação e andar pela rua que fica na frente para sentir a grandeza desses problemas. A rua é larga, larga, demasiado larga e boceja desesperada em sua largura de terra arenosa esperando os transeuntes que não aparecem. O contrário da rua Direita ou da rua do Ouvidor que, mal recebem um transeunte, tratam de maltratá-lo de todos os modos, jogando-o sobre outros transeuntes, aborrecendo-o com seu *brouhaha*, até expeli-lo na praça, a rua de Três Lagoas vive esperando transeuntes. E quando aparece um, ela torna lenta a sua passagem, agarra-o em suas areias, aproveita-o o melhor possível.

Três Lagoas precisa de gente. Três Lagoas quer ser colonizada, aproveitada, movimentada. Três Lagoas espia lá longe, à margem dos mesmos trilhos da Noroeste, a bela Campo Grande toda orgulhosa e rica que, de tão rica e orgulhosa, já anda querendo se separar de Mato Grosso, dizendo que o norte do estado explora o sul, que o sul deve deixar de ser Mato Grosso para ser Maracaju etc.

É espantoso esse problema de separatismo em Mato Grosso. O homem se revolta contra a terra que é grande demais. O interventor federal lá longe, infinitamente longe, dentro do Palácio Alencastro, coça a cabeça.

Em Três Lagoas ninguém me falou mal de Mato Grosso. Eu apenas sacudi um pouco aquela poeira paulista de meu paletó e olhei para o Oeste com vontade de rezar:

— Oh, grande e santo Mato Grosso! Eu sou um bichinho da beira da praia e aqui estou diante de vós, gigante das terras do centro. A vossa força dorme ao longo de vossas planuras, no fundo de vossas florestas, nas barrancas de vossos rios sem fim. Sou um bicho covarde e voltarei daqui a quinze minutos para a beira da praia. Outros mais peitudos virão para vos povoar. Eu tenho apenas um lápis, que só sabe escrever besteira. Outros virão com arados, máquinas e dinheiro; homens de nossa raça e de outras raças levantarão casas em vossa terra e ruídos em vossos ares. E crescerão dentro de vós, e vós crescereis com eles. E vosso nome e vossa fama e vosso espírito e vossa força atravessarão os mares, Mato Grosso. E pelos mares virão gentes para vos ver. E assim vos vingareis dos mares que hoje ficam longe de vós e cujos clamores me chamam neste momento a mim, bichinho covarde da beira da praia.

Assim rezei. E as rodas do especial regressaram sobre os trilhos bamboleantes da Noroeste.

São Paulo, julho, 1934

Animais sem proteção

Mandaram-me para debulhar o Decreto nº 24.645, do senhor Getúlio Vargas, cujo artigo primeiro diz: "todos os animais existentes no país são tutelados do Estado".

Fica passível de multa ou prisão quem mantiver animais em lugares anti-higiênicos ou privá-los de ar ou luz; abandonar animal doente, ferido ou extenuado ou deixar de ministrar-lhe medicamentos; utilizar em serviço animal ferido, enfermo ou fraco; conduzir animais de mãos ou pés atados; ter animais encerrados juntamente com outros que os aterrorizem ou molestem etc. etc. etc.

O artigo 3º diz que os animais serão assistidos em juízo pelos representantes do Ministério Público.

Ora, eis aí uma lei excelente. São inacreditáveis as barbaridades que sofrem os animais neste mundo. Levemos aos doutores promotores de justiça material para denúncias.

Eu sei de animais que vivem em lugares anti-higiênicos, quase privados de ar e de luz. Já vi várias vezes esses estranhos animais. São magros e tristes e se parecem extraordinariamente com os homens. Vivem em cortiços e porões, em casebres infectos e em casarões imundos. Quando doentes ou extenuados, não podem contar com remédio e auxílio nenhum. Esses animais, que fisicamente, como já disse, são extremamente parecidos com os homens, são muitas vezes utilizados em serviço quando fracos ou enfermos. Há fêmeas de cinquenta anos, tuberculosas e exaustas, que diariamente são obrigadas a trabalhar, se não quiserem morrer de fome. Machos de todas as idades, atacados de todas as doenças, são igualmente obrigados a prestar serviços rudes e esgotantes para viver. Até mesmo animais ainda de tenra idade se veem obrigados a suportar rudes tarefas. Todos esses animais, se acaso se rebelam contra a sua sorte, são transportados imediatamente para jaulas apropriadas e mais infectas que quaisquer outras. O transporte é feito em carroças fechadas e incômodas. Algumas vezes os animais vão com as mãos atadas por ferros especiais, e quase sempre sofrem espancamento e toda espécie de maus-tratos.

Uma das disposições da lei proíbe que se faça trabalhar animais desferrados em ruas de calçamento. Entretanto, inúmeros desses animais a que me refiro acima, andam desferrados. Os seus pés, que são muito parecidos com os pés humanos, não têm a proteção de nenhum calçado.

Creio mesmo que os animais citados não gozam de nenhuma das garantias do excelente Decreto nº 24.645. Desde o nascimento até a morte, eles sofrem toda espécie de misérias e tristezas. Não gozam de saúde nem de conforto. São péssima e parcamente alimentados e não dispõem de nenhum cuidado higiênico; por isso vivem sujos e magros. Têm de trabalhar durante a vida toda. Com esse trabalho, esses animais enriquecem os homens e fazem prosperar os Estados que os exploram; e destes só se obtém algum favor se continuarem dispostos a trabalhar toda a vida para eles. Creio que não há, hoje em dia, nenhuma espécie animal tão estupidamente explorada como essa.

É interessante notar que, devido a certas semelhanças, algumas pessoas pensam que esses animais são também homens. É engano. Eles, de fato, têm alguma parecença com os homens; mas não são homens, são operários.

São Paulo, agosto, 1934

Sentimento do mar

Passo pela padaria miserável e vejo se já tem pão fresco. As jogadas e os camarões estão aqui. Está aqui a garrafa de cachaça. Você vai mesmo? Pensei que fosse brincadeira sua. Arranja um chapéu de palha. Hoje vai fazer sol quente. Andamos na madrugada escura. Vamos calados, com os pés rangendo na areia. Vem por aqui, aí tem espinhos. Os mosquitos do mangue estão dormindo. Vem. Arrasto a canoa para dentro da água. A água está fria. Ainda é quase noite... O remo está úmido de sereno, sujo de areia. Senta ali na proa, virada para mim. Olha a água suja no fundo da canoa. Põe os pés em cima da poita. Eu estou dentro d'água até os joelhos, empurro a canoa e salto para dentro. Uma espumarada de onda fria bate na minha cara. Remo depressa, por causa da arrebentação. Fica sentada, não tem medo não. Firma aí. Segura dos lados. Não se mexa! Firme! Ôôôôi... Quase! Outra onda dá um balanço forte e joga um pouco de água dentro do barco. Estou remando em pé, curvado para a direita, com esforço. A outra onda passa mansa, mansa, a proa bate n'água e avança. O remo está frio nas minhas mãos. Eu o mergulhei dentro d'água para limpar a areia. A água que escorre molha as mangas de meu paletó. O mar está muito calmo. Esse ventinho que está vindo e passando em seus cabelos é o vento da terra. O terral vem de longe, lá do meio da terra, dos matos dormentes atrás dos morros. Vem da terra escura para o mar escuro. Nós iremos com ele.

Levantei a vela encardida. O meu leme está quebrado, mas tenho o remo. Vamos um pouco beirando a praia para o norte. Agora o ventinho nos pega. A vela treme feito mulher beijada. Fica túmida feito mulher beijada. Às vezes, a força do vento diminui um pouco, e ela bambeia, amolece, feito mulher possuída. Olha lá a sua casa. Não está vendo, não? O pão está bom? Se você comer todo agora, vai ficar com fome lá fora. Me dá essa cuia, vou tirar a água da canoa. Raspo o fundo do barco, onde o cheiro forte e enjoado da maresia, esse cheiro que eu amo, embebeu para sempre o lenho. Viro um pouco a vela, sento, e passo o remo para a esquerda. O leme, assim como está, ajuda. Vamos cortando a água maciamente... A água está cinza, escura, pesada, como óleo. O balanceio nos leva. A praia pobre ficou lá longe, com luzinhas piscando. Estamos quietos, e ela rói o pão olhando a água. A água fala alguma coisa ao batelão, lambendo seu corpo, numa ternura de velha amiga com velho amigo.

Ela está quase deitada. O frio do fim da noite, o ar cheio de água, com um cheiro úmido, me faz abrir as narinas, apaga o meu sono. Na penumbra imensa seus cabelos parecem úmidos sobre a testa morena. Nós avançamos no bamboleio manso, conversando com moleza. A sua voz me vem, atravessando o vento fraco, entre a voz da água na beira da canoa. Seu corpo, na proa, sobe e desce no horizonte... Ela está virada para mim. Contempla lá atrás a terra que vai morrendo no escuro, que é apenas um vago debrum sujo além da água. Eu olho a água. Tenho vontade de beijar a água. Beijar de leve a flor salgada da água, depois beijar com lábios úmidos, com pureza, de manso, aquela boca sob os olhos negros, sob a testa morena. Mas isso é apenas um desejo à toa sem força nenhuma, um desejo que sabe que veio à toa e que vai à toa.

Acendo um cigarro e pergunto:

— Você quer fumar?

A minha amiga não fuma, e ri. Ri muito, como se eu tivesse ficado triste muito tempo e de repente tivesse dito uma coisa engraçadíssima. Ri... Seu riso quebra, parte, destrói o encanto molengo da madrugada. É como se estivéssemos em terra e, por exemplo, fizesse sol, em uma tarde comum, ou nós andássemos depressa pela rua. Seu riso rasga a calma do mar escuro, como se o mar não estivesse soluçando sob a canoa.

Uma claridade pastosa, débil, vem lá do fundo sobre o qual o seu corpo deitado se balança. E nós conversamos animadamente, como se estivéssemos em um bonde, fôssemos a um cinema. Não estamos sozinhos no mundo, em uma canoa no meio do mar. A nossa vida não é apenas esta velha canoa, esta vela encardida e pequena, este remo úmido. Somos gente da terra, sem nenhuma evasão nem mistério. Conversamos. Eu conto histórias do mar, como se fosse um velho pescador. Ela me interrompe para contar uma coisa – uma coisa terrena, acontecida na terra, dentro de uma casa na terra, com lâmpada elétrica, onde os homens se atormentam. E eu ouço, me interesso. Desci a vela. Vou remando, remando tão bestamente como se os músculos de quem rema não tivessem alma, como se a água rompida pelo remo não tivesse músculos e alma, como se eu jamais tivesse sentido pulsar, nas minhas veias rolando ondas, a vertigem calma do mar. Remo, não há mais encanto nenhum. Tudo vai clareando no ar e na água. Remarei, pescarei. Pedirei a ela que se levante para que eu possa descer a pedra pela proa, até sentir bater na lama. Pescarei. Se ela estiver cansada, se ela achar cacete, voltarei para terra conversando. Ela achará cacete. Ela é da terra, está viciada pela terra, e não poderia lhe ensinar meu sentimento. Meu sentimento é inútil, eu converso conversas da terra com essa filha da terra. Eu pescarei e assobiarei um samba. Eu remarei para a terra logo que ela estiver cansada do mar.

Rio, janeiro, 1935

A empregada do Dr. Heitor

Era noitinha em Vila Isabel... As famílias jantavam. Os que ainda não haviam jantado chegavam nos ônibus e nos bondes. Chegavam com aquela cara típica de quem vem da cidade. Os homens que voltam do trabalho da cidade. As mulheres que voltam das compras na cidade. Caras de bondes, caras de ônibus. As mulheres trazem as bolsas, os homens trazem os vespertinos. Cada um entrará em sua casa. Se o homem tiver um cachorro, o cachorro o receberá no portãozinho, batendo o rabo. Se o homem tiver filhos, os filhos o receberão batendo palmas. Ele dará um beijinho mole na testa da mulher. A mulher mandará a empregada pôr a janta, e perguntará se ele quer tomar banho. Se houver rádio, o rádio será ligado. O rádio tocará um fox. Ouvindo o fox, o homem pensará na prestação do rádio, a mulher pensará em outra besteira idêntica. O homem dirá à empregada para dar comida às crianças. A mulher dirá que as crianças já comeram. A empregada servirá a mesa. Depois lavará os pratos. Depois irá para o portão. O homem conversará com a mulher dizendo: "mas, minha filha, eu não tive tempo..." A mulher ficará um pouco aborrecida e como nenhum dos dois terá ânimo para discutir, ela dirá: "mas, meu bem, você nunca tem tempo..." Então o homem, para concordar com alguma coisa, concordará com o seguinte: a empregada atual é melhor que a outra. A outra era muito malcriada. Muito. Era demais. Essa agora é boazinha. Depois, sem propósito nenhum, o homem dará um suspiro. A mulher olhará o relógio. O homem perguntará que horas são. A mulher olhará outra vez, porque não tinha reparado.

— Oito e quinze...

No relógio da sala de jantar do vizinho serão quase oito e vinte. Em compensação a família é maior. O velho estará perguntando ao filho se o chefe da repartição já está bom. Na véspera o filho dissera ao pai que o chefe da repartição estava doente. O velho é aposentado. O filho está na mesma repartição onde ele esteve. A filha está em outra repartição. Eles têm um amigo que é importante na prefeitura. Todos os três gostam de conversar a respeito da repartição. Talvez mesmo não gostem de conversar a esse respeito. Mas conversam. A casa da família é uma repartição. O velho está aposentado, não assina mais o ponto. A moça saiu com o namorado que é quase noivo e que a levará ao Bulevar, à Praça 7 de Março, ao cinema. Eles vão acompanhados da menorzinha. A moça na repartição ganha 450, mas só recebe 410 miliquinhentos, e se julga independente. A sua tia costuma dizer aos conhecidos: ela tem um bom emprego. O emprego é tão bom que ela às vezes até trabalha. Ela um dia se casará e será muito infeliz. Perderá o emprego por causa de uma injustiça e negócios de política, quando mudar o prefeito e o amigo de seu pai for aposentado. Depois do primeiro filho ficará doente e morrerá. A criança também morrerá. Também, coitadinha, viver sem mãe, não vale a pena. A tia chorará muito e comentará: coitada, tão moça, tão boa... E continuará vivendo. Aliás a vida é muito triste. Essa opinião é defendida, entre outras pessoas, pela cozinheira da casa, que já está velha e nunca vai ao portão porque não tem nada que fazer no portão. É uma mulata desdentada e triste, que há quinze anos responde à mesma dona de casa: "eu já vou, dona Maria". E há quinze anos vai fazer o que dona Maria manda. E que nunca teve uma ideia interessante, por exemplo: matar dona Maria, incendiar a casa. Está tão cansada de viver que nem sequer mais quebra os pratos. Um dia ficará mais doente. Com muito trabalho, e por ser um homem de bom coração, o seu patrão arranjará para ela um leito na Santa Casa, onde ela falecerá. Seu corpo será aproveitado no Instituto Anatômico, mais escuro e mais feio pelo formol.

As luzes estão acesas em todas as casas daquela rua quieta de Vila Isabel. Um homem dobra a esquina: vem do Bulevar. Outro homem dobra a esquina: vai ao Bulevar. Algumas empregadas amam. Algumas famílias vão ao cinema.

De longe vem um rumor, um canto. Vem chegando. Toda gente quer ver. São quinze, vinte moleques. Devem ser jornaleiros, talvez engraxates, talvez moleques simples. Nenhum tem mais de quinze anos. É uma garotada suja. Todos andam e cantam um samba, batendo palmas para a cadência. Passam assim, cantando alto, uns rindo, outros muito sérios, todos se divertindo extraordinariamente. O coro termina, e uma voz de criança canta dois versos que outra voz completa. E o coro recomeça. Eles vão andando depressa como se marchassem para a guerra. O batido das palmas dobra a esquina. Ide, garotos de Vila Isabel. Ide batendo as mãos, marchando, cantando. Ide, filhos do samba, ide cantando para a vida que vos separará e vos humilhará um a um pelas esquinas do mundo.

O menino, filho do Dr. Heitor, ficou com inveja, olhando aqueles meninos sujos que cantavam e iam livres e juntos pela rua. A empregada do Dr. Heitor disse que aqueles eram os moleques, e que estava na hora de dormir. A empregada do Dr. Heitor é de cor parda e namora um garboso militar que uma noite não virá ao portão e depois nunca mais aparecerá, deixando a empregada do Dr. Heitor à sua espera e à espera de alguma coisa. De alguma coisa que será um molequinho vivo que cantará samba na rua, marchando, batendo palmas, desentoando com ardor.

Rio, fevereiro, 1935

Mistura

Nada sei, nada sei desse caso. Apenas sei que Alice é muito branca e muito loura. A sua mãe se chama Rosa. Tudo isso veio em um telegrama que tem exatamente cinco linhas. Alice tem um corpo muito branco, de neve, um corpo que tem a cor da espuma puríssima, levíssima, que o vento da tarde espalha sobre as ondas do alto-mar. Seus cabelos são louros e seus olhos... – ai! – seus olhos não constam do telegrama. Isso não quer dizer que Alice não os possua, ou seja caolha. Os olhos estão subentendidos no telegrama, e devem ser perfeitos e lindos. Devem também ser verdes. E sendo verdes, de que verdes hão de ser? Estudei longamente olhos verdes, e principalmente dois dentre eles. Eram estriados de não sei que traços de ouro, felinos, fulvos, ruins. Há verdes límpidos, esse verde que vemos nas folhas molhadas das árvores adolescentes, quando a chuva passa e o sol fraco da tarde brilha muito louro, com meiguice. Há verdes marinhos, verdes minerais, verdes-escuros que são castanhos sob a luz elétrica, negros dentro de uma sala, verdes, verdíssimos quando a luz natural os beija de lado. E por que não seriam azuis os olhos de Alice? Há por aí um azul claríssimo e suavíssimo, como aquele que vemos em certos recantos esquecidos do céu, à tardinha. É um azul singelo e antigo, cor de roupa de brim azul muitas vezes lavada.

Há tantos olhos de cores tantas olhando esta vida! Até vermelhos há muitos, vermelhos de chorar. Que os olhos de Alice fiquem sendo para vós, leitor, límpidos, belos, bem rasgados, da cor de vossa preferência. Eu por mim, que os amo verdes, afirmo em face da lamentável omissão do telegrama que eles são verdes, tão verdes como o selo de imposto de consumo nacional.

Alice, a ebúrnea Alice (ebúrnea quer dizer: branquinha), Alice tinha um defeito e uma virtude, resumidos em uma só pessoa: a sua mãe. Dona Rosa, mãe de Alice, pode ser considerada uma virtude de Alice, porque é uma excelente senhora; e pode ser considerada um defeito de Alice, porque tem ideias muito esquisitas.

A sua ideia mais esquisita coube na quarta linha do telegrama: ela disse ao delegado que "Alice merecia um bacharel, tão alva e loura que era". Disse isso debulhada em lágrimas. Alice fugira com José Cândido. José Cândido é um brasileiro de cor negra. Isso desgostou dona Rosa, e dona Rosa berra como só as verdadeiras mães sabem berrar:

— Ela merecia um bacharel!

Calma, dona Rosa, Alice fugiu com um José que não é bacharel e que é preto. A senhora, dona Rosa, treme de vergonha ao pensar que uma dura carapinha espeta o mesmo travesseiro em que repousam os cabelos de seda loura de sua filha. Chora de amargura ao pensar que um corpo rude e preto de homem se junta ao corpo alvo e fino de Alice. Essa confusão de carnes brancas e pretas faz a senhora desesperar; e em seu desespero a senhora diz que as carnes alvas de Alice mereciam carnes de bacharel.

Calma, dona Rosa. Se a senhora quer carnes de bacharel para sua filha, aqui estão as minhas. Eu as ofereço.

São fracas e mofinas, mas brancas e jurídicas. Porém, falando francamente, não creio que valha a pena.

Há dois problemas a considerar: o problema da cor e o problema do título. José Cândido não tinha nem a cor nem o título convenientes à sua filha. Mas ele raptou Alice, e as mocinhas não são raptadas facilmente como um deputado paraense. As mocinhas, quando não querem ser raptadas, esperneiam e fazem um berreiro medonho. Alice foi porque quis. Uniu seu braço alvo ao braço preto de José e partiu. As mocinhas partem assim, e não há remédio, não há.

Calma, dona Rosa. Alice está passeando no País das Maravilhas. E se aquele país, pelo qual todas as mocinhas suspiram, é gostoso e bom, que importa a cor do cicerone?

Neste país, dona Rosa, muitos brancos amaram muitas pretas. Se a senhora não acredita, eu lhe mostrarei as provas. As provas andam aí por toda parte, são dengosas e excelentes e se chamam, na linguagem corrente, mulatas.

Calma, dona Rosa, calma, dona Rosa. Alice está no País das Maravilhas. E quem sabe se ela não voltará de lá um dia para a sua casa, trazendo pelo braço uma criancinha mulata de olhos verdes? E a senhora não acha lindas, dona Rosa, as mulatinhas de olhos verdes?

Rio, fevereiro, 1935

Cangaço

Erguerei hoje minha débil voz para louvar o senhor Getúlio Vargas. Aprovo de coração aberto o veto que ele deu a uma lei que mandava abrir um crédito de mil e duzentos contos para a campanha contra o cangaceirismo.

O presidente vetou porque não há recursos, isto é, por falta de dinheiro. Eu vetaria por amor ao cangaço.

Lampião, que exprime o cangaço, é um herói popular do Nordeste. Não creio que o povo o ame só porque ele é mau e bravo. O povo não ama à toa. O que ele faz corresponde a algum instinto do povo. Há algum pensamento certo atrás dos óculos de Lampião; suas alpercatas rudes pisam algum terreno sagrado.

Bárbaro, covarde, ele é. Dizem que conseguiu ser tão bárbaro e covarde como a polícia – a polícia que o persegue em todas as fronteiras. Mas é preciso lembrar que ele está sempre em guerra; e na guerra como na guerra. Retirai de seu aconchego doce qualquer de nossos ilustres e luxuosos generais; colocai-o à frente de um bando, mandai-o lutar uma luta rude, dura, de morte, através dos dias, das semanas, dos meses, dos anos. Ele se tornará também bárbaro e covarde.

O cangaço não é um acidente. É uma profissão. Nasce, vive e morre gente dentro dessa profissão. O tempo corre. Filhos de cangaceiros são cangaceiros, serão pais de cangaceiros. Eles não estão organizados em sindicatos nem em associações recreativas: estão organizados em bandos.

Ora, a vida do cangaço não pode ser muito suave. É uma vida cansativa e dura de roer. Quando centenas de homens vivem essa vida, é preciso desconfiar que não o fazem por esporte nem por excesso de "maus instintos".

O cangaceiro é um homem que luta contra a propriedade, é uma força que faz tremer os grandes senhores feudais do sertão. Se alguns desses senhores se aliam aos cangaceiros, é apenas por medo, para poderem lutar contra outros senhores, para garantirem a própria situação.

Ora, para as massas pobres e miseráveis da população do Nordeste, a ação dos cangaceiros não pode ser muito antipática. E é até interessante.

As atrocidades dos cangaceiros não foram inventadas por eles, nem constituem monopólio deles. Eles aprenderam ali mesmo, e em muitos casos, aprenderam à própria custa. De resto, a acreditar no que José Jobim, um rapaz jornalista, escreveu em *Hitler e seus comediantes*, agora em segunda edição, os cangaceiros são anjinhos ao lado dos nazistas.

Os métodos de Lampião são pouco elegantes e nada católicos. Que fazer? Ele não tem tempo de ler os artigos do senhor Tristão de Ataíde, nem as poesias do senhor Murilo Mendes. É estúpido, ignorante. Mas se o povo o admira é que ele se move na direção de um instinto popular. Dentro de sua miséria moral, de sua inconsciência, de sua crueldade, ele é um herói – o único herói de verdade, sempre firme. A literatura popular, que o endeusa, é cretiníssima. Mas é uma literatura que nasce de uma raiz pura, que tem a sua legítima razão social e que só por isso emociona e vale.

Vi um velho engraxate mulato, que se babava de gozo lendo façanhas de Antônio Silvino. Eu percebi aquele gozo obscuro e senti que ele tinha alguma razão. Todos os homens pobres do Brasil são lampiõezinhos recalcados; todos os que vivem mal, comem mal, amam mal. Dar mil e duzentos contos para combater o herói seria uma tristeza. Eu, por mim (quem está falando e suspirando aqui é o rapazinho mais pacato do perímetro urbano), confesso que as sortidas de Lampião me interessam mais que as sortidas do senhor Antônio Carlos.

Não sou cangaceiro por motivos geográficos e mesmo por causa de meu reumatismo. Mas dou àqueles bravos patrícios o meu inteiro apoio moral – ou imoral, se assim o preferis, minha ilustre senhora.

Rio, fevereiro, 1935

Batalha no Largo do Machado

Como vos apertais, operários em construção civil, empregados em padarias, engraxates, jornaleiros, lavadeiras, cozinheiras, mulatas, pretas, caboclas, massa torpe e enorme, como vos apertais! E como a vossa marcação é dura e triste! E sobre essa marcação dura a voz do samba se alastra rasgada:

Implorar
Só a Deus
Mesmo assim às vezes não sou atendido.
Eu amei...

É um profundo samba orfeônico para as amplas massas. As amplas massas imploram. As implorações não serão atendidas. As amplas massas amaram. As amplas massas hoje estão arrependidas. Mas amanhã outra vez as amplas massas amarão... As amplas massas agora batucam... Tudo avança batucando. O batuque é uniforme. Porém dentro dele há variações bruscas, sapateios duros, reviramentos tortos de corpos no apertado. Tudo contribui para a riqueza interior e intensa do batuque. Uma jovem mulata gorducha pintou-se bigodes com rolha queimada. Como as vozes se abrem espremidas e desiguais, rachadas, ritmadas, e rebentam, machos e fêmeas, muito para cima dos fios elétricos, perante os bondes paralisados, chorando, altas, desesperadas!

Como essas estragadas vozes mulatas estalam e se arrastam no ar, se partem dentro das gargantas vermelhas. Os tambores surdos fazem o mundo tremer em uma cadência negra, absoluta. E no fundo a cuíca geme e ronca, nos puxões da mão negra. As negras estão absolutas com seus corpos no batuque. Vede que vasto crioulo que tem um paletó que já foi dólmã de soldado do Exército Nacional, tem gorro vermelho, calça de casimira arregaçada para cima do joelho, botinas sem meia, e um guarda-chuva preto rasgado, a boca berrando, o suor suando. Como são desgraçados e puros, e aquela negra de papelotes azuis canta como se fosse morrer. Os ranchos se chocam, berrando, se rebentam, se misturam, se formam em torno do surdo de barril, à base de cuícas, tamborins e pandeiros que batem e tremem eternamente. Mas cada rancho é um íntegro, apenas os cordões se dissolvem e se reformam sem cessar, e os blocos se bloqueiam.

Meninas mulatas, e mulatinhas impúberes e púberes, e moças mulatas e mulatas maduras, e maduronas, e estragadas mulatas gordas. Morram as raças puras, morríssimam elas! Vede tais olhos ingênuos, tais bocas de largos beiços puros, tais corpos de bronze que é brasa, e testas, e braços, e pernas escuras, que mil escalas de mulatas! Vozes de mulatas, cantai, condenadas, implorai, implorai, só a Deus, nem a Deus, à noite escura, arrependidas. Pudesse um grande sol se abrir no céu da noite, mas sem deturpar nem iluminar a noite, apenas se iluminando, e ardendo, como uma grande estrela do tamanho de três luas pegando fogo, cuspindo fogo, no meio da noite! Pudesse esse astro terrível chispar, mulatas, sobre vossas cabeças que batucam no batuque.

O apito comanda, e no meio do cordão vai um senhor magro, pobre, louro, que leva no colo uma criança que berra, e ele canta também com uma voz que ninguém pode ouvir. As caboclas de cabelos pesados na testa suada, com os corpos de seios grandes e duros, caboclos, marcando o batuque. Os negros e mulatos inumeráveis, de macacão, de camisetas de seda de mulher, de capa de gabardine apenas, chapéus de palha, cartolas, caras com vermelhão. Batucam!

Vai se formar uma briga feia, mas o cordão berrando o samba corta a briga, o homem fantasiado de cavalo dá um coice no soldado, e o cordão empurra e ensurdece os briguentos, e tudo roda dentro do samba. Olha a clarineta quebrada, o cavaquinho oprimido, o violão que ficou surdo e mudo, e que acabou rebentando as cordas sem se fazer ouvir pelo povo e se mudando em caixa, o pau batendo no pau, o chocalho de lata, o tambor marcando, o apito comandando, os estandartes dançando, o bodum pesando.

Mas que coisa alegre de repente, nesses sons pesados e negros, uma sanfoninha cujos sons tremem vivos, nas mãos de um moleque que possui um olho furado. Juro que iam dois aleijados de pernas de pau no meio do bloco, batendo no asfalto as pernas de pau.

Com que forças e suores e palavrões de barqueiros do Volga esses homens imundos esticam a corda defendendo o território sagrado e móvel do povo glorioso da escola de samba da Praia Funda! No espaço conquistado as mulatas vestidas de papel verde e amarelo, barretes brancos, berram prazenteiras e graves, segurando arcos triunfais individuais de flores vermelhas. Que massa de meninos no rabo do cortejo, meninos de oito anos, nove, dez, que jamais perdem a cadência, concebidos e gerados e crescidos no batuque, que batucarão até morrer!

De repente o lugar em que estais enche demais, o suor negro e o soluço preto inundam o mundo, as caras passam na vossa cara, os braços dos que batucam espremem vossos braços, as gargantas que cantam exigem de vossa garganta o canto da igualdade, liberdade, fraternidade. De repente em redor o asfalto se esvazia e os sambas se afastam em torno, e vedes o chão molhado, e ficais tristes, e tendes vontade de chorar de desespero.

Mas outra vez, não para nunca, a massa envolve tudo. Pequenos cordões que cantam marchinhas esgueladas correm empurrando, varando a massa densa e ardente, e no coreto os clarins da banda militar estalam.

Febrônio fugiu do manicômio no chuvoso dia de sexta-feira, 8 de fevereiro de 1935... Foi preso no dia 9 à tarde. Neste dia de domingo, 10 de fevereiro pela manhã, o *Diário de Notícias* publica na primeira página da segunda seção:

> *A sensacional fuga de Febrônio, do Manicômio Judiciário, onde se achava recolhido, desde 1927,* constituiu um verdadeiro pavor para a população carioca. *A sua prisão, ocorrida na tarde de ontem, veio trazer a tranquilidade*

ao espírito de todos, inclusive ao das autoridades *que o procuravam.*

Que repórter alarmado! Injuriou, meus senhores, o povo e as autoridades. Encostai-vos nas paredes, população! Mas eis que na noite do dia chuvoso de domingo, 10 de fevereiro, ouvimos:

Bicho-papão
Bicho-papão
Cuidado com o Febrônio
Que fugiu da detenção...

Isso ouvimos no Largo do Machado, e eis que o nosso amigo Miguel, que preferiu ir batucar em dona Zulmira, lá também ouviu, naquele canto glorioso de Andaraí, a mesma coisa. Como se esparrama pelas massas da cidade esparramada essa improvisação de um dia? As patas inumeráveis batem no asfalto com desespero. O asfalto porventura não é vosso eito, escravos urbanos e suburbanos?

A cuíca ronca, ronca, ronca, estomacal, horrível, é um ronco que é um soluço, e eu também soluço e canto, e vós também fortemente cantais bem desentoados com este mundo. A cuíca ronca no fundo da massa escura, dos agarramentos suados, do batuque pesadão, do bodum. O asfalto está molhado nesta noite de chuvoso domingo. Ameaça chuva, um trovão troveja. A cuíca de São Pedro também está roncando. O céu também sente fome, também ronca e soluça e sua de amargura?

Nesta mormacenta segunda-feira 11 de fevereiro, um jornal diz que "a batalha de confete do Largo do Machado esteve brilhantíssima".

Repórter cretiníssimo, sabei que não houve lá nem um só miserável confete. O povo não gastou nada, exceto gargantas, e dores e almas, que não custam dinheiro. Eis que ali houve, e eu vi, uma batalha de roncos e soluços, e ali se prepararam batalhões para o Carnaval – nunca jamais "a grande festa do Rei Momo" – porém a grande insurreição armada de soluços.

Rio, fevereiro, 1935

O CONDE E O PASSARINHO

Acontece que o conde Matarazzo estava passeando pelo parque. O conde Matarazzo é um conde muito velho, que tem muitas fábricas. Tem também muitas honras. Uma delas consiste em uma preciosa medalhinha de ouro que o conde exibia à lapela, amarrada a uma fitinha. Era uma con-decoração.

Ora, aconteceu também um passarinho. No parque havia um passarinho. E esses dois personagens – o conde e o passarinho – foram os únicos da singular história narrada pelo *Diário de S. Paulo.*

Devo confessar preliminarmente que, entre um conde e um passarinho, prefiro um passarinho. Torço pelo passarinho. Não é por nada. Nem sei mesmo explicar essa preferência. Afinal de contas, um passarinho canta e voa. O conde não sabe gorjear nem voar. O conde gorjeia com api-tos de usinas, barulheiras enormes, de fábricas espalhadas pelo Brasil, vozes dos operários, dos teares, das máquinas de aço e de carne que trabalham para o conde. O conde gor-jeia com o dinheiro que entra e sai de seus cofres, o conde é um industrial, e o conde é conde porque é industrial. O pas-sarinho não é industrial, não é conde, não tem fábricas. Tem um ninho, sabe cantar, sabe voar, é apenas um passarinho e isso é gentil, ser um passarinho.

Eu quisera ser um passarinho. Não, um passarinho, não. Uma ave maior, mais triste. Eu quisera ser um urubu.

Entretanto, eu não quisera ser conde. A minha vida sempre foi orientada pelo fato de eu não pretender ser conde. Não amo os condes. Também não amo os industriais. Que amo eu? Pierina e pouco mais. Pierina e a vida, duas coisas que se confundem hoje e amanhã, mais se confundirão na morte.

Entendo por vida o fato de um homem viver fumando nos três primeiros bancos e falando ao motorneiro. Ainda ontem ou anteontem assim escrevi. O essencial é falar ao motorneiro. O povo deve falar ao motorneiro. Se o motorneiro se fizer de surdo, o povo deve puxar a aba do paletó do motorneiro. Em geral, nessas circunstâncias, o motorneiro dá um coice. Então o povo deve agarrar o motorneiro, apoderar-se da manivela, colocar o bonde a nove pontos, cortar o motorneiro em pedacinhos e comê-lo com farofa.

Quando eu era calouro de Direito, aconteceu que uma turma de calouros assaltou um bonde. Foi um assalto imortal. Marcamos no relógio quanto nos deu na cabeça, e declaramos que a passagem era grátis. O motorneiro e o condutor perderam, rápida e violentamente, o exercício de suas funções. Perderam também os bonés. Os bonés eram os símbolos do poder.

Desde aquele momento perdi o respeito por todos os motorneiros e condutores. Aquilo foi apenas uma boa molecagem. Paciência. A vida também é uma imensa molecagem. Molecagem podre. Quando poderás ser um urubu, meu velho Rubem?

Mas voltemos ao conde e ao passarinho. Ora, o conde estava passeando e veio o passarinho. O conde desejou ser que nem o seu patrício, o outro Francisco, o Francisco da Úmbria, para conversar com o passarinho. Mas não era o Santo Francisco de Assis, era apenas o conde Francisco Matarazzo. Porém, ficou encantado ao reparar que o passarinho voava para ele. O conde ergueu as mãos, feito uma criança, feito um santo. Mas não eram mãos de criança nem de santo, eram mãos de conde industrial. O passarinho desviou e se dirigiu firme para o peito do conde. Ia bicar seu coração? Não, ele não era um bicho grande de bico forte, não era, por exemplo, um urubu, era apenas um passarinho. Bicou a fitinha, puxou, saiu voando com a fitinha e com a medalha.

O conde ficou muito aborrecido, achou muita graça. Ora essa! Que passarinho mais esquisito!

Isso foi o que o *Diário de S. Paulo* contou. O passarinho, a esta hora assim, está voando, com a medalhinha no bico. Em que peito a colocareis, irmão passarinho? Voai, voai, voai por entre as chaminés do conde, varando as fábricas do conde, sobre as máquinas de carne que trabalham para o conde, voai, voai, voai, voai, passarinho, voai.

Rio, fevereiro, 1935

A LUA E O MAR

A lua domina o mar. Quando a lua é cheia, a maré baixa vai mais baixo do que nunca. A praia não tem palmeiras, e isso faz uma falta muito triste. Nós possuíamos antigamente dois coqueiros. Ficavam atrás das canoas. Em noites de lua cheia as suas folhas de prata verde dançavam na areia branca. Mas o capitão em férias gostava de fazer exercícios de tiro ao alvo. Atirou nas palmeiras. Atirou no peito das duas palmeiras irmãs. Elas durante duas noites ainda agitaram suas palmas no ar, ainda reagiram contra o vento. Mas a seiva do peito escorria pelos troncos longos. As balas do capitão poderiam ter ferido aqueles troncos. As palmeiras nada sofreriam. Poderiam ter cortado a haste de uma palma. Uma palma despencaria dançando ao vento e o vento ainda a arrastaria sobre a areia branca e solta, até que as folhas fossem enterradas na areia morena e molhada. Mas o capitão atirou no peito da palmeira mais alta.

A bala penetrou ali como em carne túmida. A seiva veio escorrendo do fundo do peito. Quem nunca estudou botânica sabe que palmeira da beira da praia tem um coração verde.

A seiva branca invade aquele coração e o coração verde palpita. A palmeira mais alta, aquela que mais de perto sabia dançar para a lua, que mais longe fazia dançar na areia alva a sua sombra, a palmeira mais alta teve o coração malferido. As palmas altivas que lutavam contra o nordeste mais bravo, e onde o terral que ia à noite para o meio do mar dava o último beijo na vida da terra, pouco a pouco enfraqueceram e murcharam. O tronco alto e fino não teve mais vida para continuar erguido, e o sudoeste o derrubou numa tarde de chuva. A palmeira menor acompanhou sua irmã, que também ela tinha o coração ferido.

Agora ali os pescadores vão estender suas redes. É atrás do pouso das canoas velhas. O capim cheio de espinhos agoniza na areia salgada. Ali podereis ver ainda dois pequenos tocos. Ali tínhamos duas palmeiras. E elas dançavam para a lua.

A lua é cheia. Armando me fala da lua do Ceará. Armando jamais voou sobre as ondas em jangada, em noite de lua. Porém, ele fala com mágoa da lua do Ceará. Ele tem uma namorada muito loura e fina. A namorada mora em uma rua sossegada. Rua de bairro sossegado do Rio de Janeiro. Armando, em noite de lua, conversou com a namorada na rua dormente. As pequenas árvores urbanas, habitualmente tão prosaicas, tão funcionárias, estavam líricas. Armando idem. Os cabelos louros da namorada de Armando, que talvez fossem apenas de um louro vêneto, estavam *platinum* sob o luar. Muito, muito raro, passava um passante. Os cabelos eram de prata, eram de leite, eram de ouro, de seda? Cintilavam, o luar escorria neles, e eles beijados pelo luar se cercavam de um doce nimbo. A conversa foi longa e tímida. Armando disse tanta coisa sobre a lua do Ceará. O Ceará tem uma lua especial. Não há nenhuma água no céu, a lua brilha no ar seco, as estrelas se multiplicam por mil e se dividem por um e assim formam uma espécie de luar suplementar. Armando pretendia que na lua nova o brilho das estrelas fazia sombra nítida na praia. Eu indaguei se eram assim tão claras as estrelas cearenses. Armando suspirou dizendo que a lua do Ceará brilhava tanto e tanto – ai! – que em chegando a lua nova ainda havia no ar um resto do luar da lua cheia. Seria, talvez, delírio de Armando. Mas não o acuseis, criaturas. A sua namorada ao seu lado na rua dormente era loura e tinha o talhe da palmeira como Iracema e Sulamita. Mas a sua pele não tinha a cor trigueira do corpo de Iracema, de Sulamita e das palmeiras da Bíblia e do Brasil. A sua pele tinha a cor da seiva das palmeiras, era muito alva, a cor do luar. E é preciso perdoar Armando, criaturas, pois sua namorada estava vestida de azul. Assim em delírio ele disse que a jangada voava sobre as ondas. As velas pandas voavam nas espumas para o mar alto. A jangada tanto deslizou que começou a se erguer das águas e foi voando no ar, voando pelo céu. Parecia uma garça que voasse no alto-mar entre o mar e a lua. Mas – ai! – as garças voam de preferência sobre os brejos.

A jangada de velas brancas está voando. Armando está na rua dormente namorando, e a conversa é longa e tímida, e a namorada se vestiu de azul, e seus cabelos são de ouro desmaiado, espuma de leite, prata, seda?

O fato é que, quanto a nós, já não possuímos nenhuma palmeira. Apenas lá vereis dois pobres tocos, no pouso das canoas velhas, onde os pescadores estendem suas redes e o capim cheio de espinhos agoniza na areia salgada.

Mas a lua é sempre lua. A maré começou a descer já noite. A praia cresceu tanto que parece infinita. A maré tão baixinha soluça longe entre pedras cobertas de algas. Como está claríssima de luar a praia! Que mar humilde e distante! A lua domina o mar. Ela domina tudo. Armando sabe coisas a respeito de sua magia. Armando, me empresta esses olhos líricos, no fundo dessas olheiras, que eu preciso de magia. Eu quero ver ao luar as palmeiras mortas se erguerem na minha praia. Se erguerem piedosamente ao luar, até que as palmas de prata verde bem altas possam dançar para a lua. Eu quero essa visão das palmeiras irmãs ressuscitando no céu da noite enluarada.

É doloroso constatar, Armando, que isso é impossível no momento. Você agora tem de ir dar o plantão no hospital e eu, depois deste, preciso escrever outro artigo, para ganhar tem-tem.

Rio, março, 1935

Conto histórico

Ele acabou se hospedando em uma pensão do Catete. A rua começava na praia e ia findar para lá da rua do Catete, em Bento Lisboa, debaixo do morro. O quarto tinha água corrente e era muito quente pela tarde. A janela dava para um muro.

Morava sozinho naquele quarto. Em vista disso logo se disse, na pensão, que ele devia ser estudante filho de algum fazendeiro rico. Era estudante, não tinha pai nem mãe, e não era rico, era remediado. Frequentava a Faculdade de Direito, em um pardieiro sujo e escuro da rua do Catete.

Fazia calor. Ele vestia a roupa de banho comprada na véspera, o roupão novinho. Naquele tempo, em 1935, era muito animado o banho no Flamengo. A prainha entre o muro e o mar ficava espremida, cheia de gente. Uma prainha péssima. Sempre a água suja de óleo, um óleo preto e pesado que pegava na pele. Devido à posição do lugar na baía ventava pouco: quem tomava banho de sol ficava suado. A areia era suja e aos domingos era tão difícil andar pela praia sem pisar em algum banhista. As mulheres vinham para o banho vestidas com a vestimenta então em voga, denominada *maillot*. Essa vestimenta deixava-lhes as pernas livres, mas vedava o corpo até acima dos seios. Os homens usavam simples calções de lã. Aliás para o trânsito das casas para a praia era exigido pela polícia de então o uso de grossos roupões. As pessoas mais pobres, podiam, entretanto, usar paletós de pijamas.

*

A praia era de tal modo acanhada que, quando acontecia haver grande concorrência e a maré estar relativamente alta, havia dificuldade para se deixar o roupão em um lugar seguro.

Pedro não conhecia ninguém e estava sentado na areia com um ar aborrecido, pois o mormaço o obrigava a apresentar a cara em estado de careta permanente, os olhos apertados. Um sujeito passou sacudindo o roupão sujo de areia e jogou areia em seus olhos. Um menino que tinha saído d'água respingou nele. Um dos quatro rapazes que jogavam uma pequena bola de borracha acertou com a bola o seu nariz. Esses incidentes fizeram com que Pedro tivesse a impressão de ser um intruso indesejável naquela praia.

Olhava as mulheres. Duas moças de maiô preto, uma de chapéu de palha, conversavam encostadas ao muro. Naquele tempo existiam as chamadas "moças". Eram mulheres que, embora já fossem aptas para a vida normal, se conservavam em recato durante muitos anos. Isso era devido ao hábito do casamento, um dos mais curiosos e bárbaros costumes da época. Quem quiser estudar mais detidamente essa questão pode ler as obras de nosso jovem historiador Wells, que procura retratar com fidelidade o atraso daqueles recuados tempos.

*

As "moças" assim se conservavam até os vinte e mesmo 25 anos. A história de então registra casos de mulheres que, embora fossem sãs e bem-proporcionadas, assim permaneciam toda a vida, por superstição religiosa ou motivos econômicos. Entre os homens já não havia semelhante hábito, embora eles fossem vítimas de muitas restrições morais. Disso decorria que o número de homens úteis era sempre muito superior ao número de mulheres úteis. É preciso não esquecer ainda que o chamado casamento era perpétuo, o que agravava ainda mais as ridículas condições da vida humana naqueles tempos. As mulheres eram muito procuradas pelos homens, que para isso usavam de variados e engraçados artifícios. Os homens ricos (é preciso recordar que naquele tempo havia homens ricos e pobres. Os primeiros eram donos das terras, das casas e das máquinas, e os segundos viviam em condições miseráveis. Assim sendo, os primeiros tinham grande interesse em manter o estado de coisas, e para isso faziam e executavam leis como a chamada "lei ráo" de 1935, no Brasil) – os homens ricos podiam dispor com facilidade das mulheres, pois para isso tinham não apenas o chamado "dinheiro", como as máquinas, ainda rudimentares, denominadas automóveis, muito do agrado das mulheres.

*

Pedro olhava as mulheres. Em sua frente uma adolescente, sentada na areia com os braços para trás, deixava entrever, pelo decote do maiô, grande parte do seu pequeno seio esquerdo, muito alvo, em contraste com as coxas, o rosto, a garganta e o colo tostados pelo sol. Pedro sentiu uma pequena moleza pelo corpo e é por isso que esticou o corpo e se deitou. O sol aparecera entre as nuvens leitosas e pesadas. Ele olhou para o céu. Meio tonto, com a vista escura, o corpo suado, os cabelos sujos de areia, levantou-se.

*

Sem saber, Pedro amava o seu Catete. No Catete florescia e se agitava uma pequena burguesia instável e inquieta. Todas as pensões, absolutamente familiares e suspeitas. Um autor da época assim descreve o ambiente:

"O Catete é o nosso bairro mais nitidamente pequeno-burguês. Nele temos famílias, pensões e *rendez-vous*. Quando faz muito calor no Catete, à noite, as mulheres saem para as ruas, e ficam assanhadas para cá e para lá, como baratas. A comparação é própria porque há muitas baratas nas pensões do Catete. Funcionários, professores, pequenos comerciantes, estudantes, mulheres dúbias, toda essa gente vive com uma certa tristeza. Há maridos enganados. Aí os bondes estrondam com mais força pela rua coalhada de cafés pelas esquinas, casas sujas, vendas de móveis, engraxates, garagens, lojas apertadas e quitandas cheias de frutas, galinhas fedendo em capoeiras, verduras, ovos e moscas. Nas vilas discretas as famílias vivem sob o patrocínio dos algarismos romanos: I, II, III, IV e assim por diante.

A vida é medíocre, mas tem vida. Há histórias tristes e cômicas, e todas as histórias do Catete têm um sabor especial, um sabor próprio do clima do Catete. Os estudantes põem no prego os seus *smokings*, recebem 35$ e pagarão 42$ quando chegar a mesada. Há mulheres de 34 anos que são tristes e sem-vergonha e que vivem sempre em dificuldades. Há mulheres sérias que esperam o bonde sem olhar para os lados. Porteiros e garçons de hotéis, moças que têm um namorado na vizinhança e outro em Botafogo e telefonam noite e dia. Os telefones do Catete estão sempre ocupados. Há açougues com anúncios em gás neon vermelho, rádios nas salas de jantar das pensões, cadeiras de vime nos pequenos parques dos hotéis remediados. Há uma falta e principalmente uma insuficiência de dinheiro crônica em todas as ruas. O Catete é um bairro intermediário. Seus habitantes sentem-se satisfeitos porque estão perto da cidade e perto do mar. Às 7 ou às 7h30, o Catete janta e janta mal, pratinhos com um ar importante e de fraco poder alimentício, pratinhos bestas das pensões familiares.

Às vezes, se faz calor, o Catete fermenta com uma grande e mesquinha fermentação humana. Falta água nos chuveiros. Os estudantes esforçam-se para conseguir convites para os bailes nos clubes. Na madrugada dos domingos e segundas-feiras, os estudantes vindos dos bailes saltam dos bondes no Largo do Machado, vestidos de *smoking*. O *smoking* que está com um sempre é do outro. Quase todos trazem os colarinhos duros desbotados e os laços das gravatinhas pretas desfeitos, e vão comer no Lamas ou em botequins sujos. São ridículos e boêmios assim vestidos na madrugada que agoniza com as lâmpadas elétricas, comendo filés, bebendo cerveja. Já não se pode arranjar mulata nenhuma em nenhuma esquina. Os que beberam cerveja barata sentem um lirismo fermentando diante da rua escura. Longe vem um bonde iluminado e barulhento. Na esquina há um poste com o sinal vermelho, sangue na penumbra grossa. Alguns estudantes caminham até a praia, para ver o sol nascer. Na praia já estão alguns banhistas, os que querem ser atletas, os que trabalham desde as 7 horas, os que acreditam que o banho de mar cedinho faz muito bem à saúde. Às 7 horas chegarão famílias de judeus com cara de sono. Mas os estudantes que foram ver o sol nascer voltam enjoados, cansados, antes do sol nascer. As águas das ondas fracativas e doces mugem debaixo das pedras do Flamengo. O mar parece um boi acordando e espelha os primeiros vermelhões do céu do outro lado da baía, dos lados de Jurujuba, das montanhas e morros baixos do litoral."

*

Essa interessante narrativa da época ajudará o leitor a compreender o ambiente em que Pedro vivia.

Sobre a questão de transportes convém assinalar, na transcrição acima, o trecho que diz – "o Catete é um bairro intermediário". É que o Catete ficava entre a cidade e outros bairros. Não era "fim de linha".

As pessoas menos remediadas de Laranjeiras, Botafogo, Águas Férreas e Gávea passavam em bondes, vindas também dos bairros elegantes de fora da baía. Outras passavam para a cidade em ônibus e automóveis, que duas vezes por semana atropelavam um habitante do Catete ou do Flamengo.

Essas informações, tão exatas quanto possível, colhemos em jornais e livros da época. Elas servirão aos leitores para verificarem o interesse que deve ter a história sobre *A vida de um homem em 1935*, que publicaremos breve, edição do Centro de Estudos Históricos.

Rio, março, 2035

Chegou o outono

Não consigo me lembrar exatamente o dia em que o outono começou no Rio de Janeiro neste 1935. Antes de começar na folhinha ele começou na rua Marquês de Abrantes. Talvez no dia 12 de março. Sei que estava com Miguel em um reboque do bonde Praia Vermelha. Nunca precisei usar sistematicamente o bonde Praia Vermelha, mas sempre fui simpatizante. É o bonde dos soldados do Exército e dos estudantes de medicina. Raras mulatas no reboque; liberdade de colocar os pés e mesmo esticar as pernas sobre o banco da frente. Os condutores são amenos. Fatigaram-se naturalmente de advertir soldados e estudantes; quando acontece alguma coisa eles suspiram e tocam o bonde. Também os loucos mansos viajam ali, rumo do hospício. Nunca viajou naquele bonde um empregado da City Improvements Company: Praia Vermelha não tem esgotos. Oh, a City! Assim mesmo se vive na Praia Vermelha. Essenciais são os esgotos da alma. Nossa pobre alma inesgotável! Mesmo depois do corpo dar com o rabo na cerca e parar no buraco do chão para ficar podre, ela, segundo consta, fica esvoaçando pra cá, pra lá. Umas vão ouvir Francesca da Rimini declamar versos de Dante, outras preferem a harpa de Santa Cecília. A maioria vai para o Purgatório. Outras perambulam pelas sessões espíritas, outras à meia-noite puxam o vosso pé, outras no firmamento viram estrelinhas. Os soldados do Exército não podem olhar as estrelas: lembram-se dos generais.

Lá no céu tem três estrelas, todas três em carreirinha. Uma é minha, outra é sua. O cantor tem pena da que vai ficar sozinha. Que faremos, oh meu grande e velho amor, da estrela disponível? Que ela fique sendo propriedade das almas errantes. Nossas pobres almas erradas!

Eu ia no reboque, e o reboque tem vantagens e desvantagens. Vantagem é poder saltar ou subir de qualquer lado, e também a melhor ventilação. Desvantagem é o encosto reduzido. Além disso os vossos joelhos podem tocar o corpo da pessoa que vai no banco da frente; e isso tanto pode ser doce vantagem como triste desvantagem. Eu havia tomado o bonde na praça José de Alencar; e quando entramos na rua Marquês de Abrantes, rumo de Botafogo, o outono invadiu o reboque. Invadiu e bateu no lado esquerdo de minha cara sob a forma de uma folha seca. Atrás dessa folha veio um vento, e era o vento do outono. Muitos passageiros do bonde suavam.

No Rio de Janeiro faz tanto calor que depois que acaba o calor a população continua a suar gratuitamente e por força do hábito durante quatro ou cinco semanas ainda.

Percebi com uma rapidez espantosa que o outono havia chegado. Mas eu não tinha relógio, nem Miguel. Tentei espiar as horas no interior de um botequim, nada conseguindo. Olhei para o lado. Ao lado estava um homem decentemente vestido, com cara de possuidor de relógio.

— O senhor pode ter a gentileza de me dar as horas?

Ele espantou-se um pouco e, embora sem nenhum ar gentil, me deu as horas: 13h48. Agradeci e murmurei:

chegou o outono. Ele deve ter ouvido essa frase tão lapidar, mas aparentemente não ficou comovido. Era um homem simples e tudo o que esperava era que o bonde chegasse a um determinado poste.

Chegara o outono. Vinha talvez do mar e, passando pelo nosso reboque, dirigia-se apressadamente ao centro da cidade, ainda ocupado pelo verão. Ele não vinha soluçando *les sanglots longs des violons* de Verlaine, vinha com tosse, na Quaresma da cidade gripada.

As folhas secas davam pulinhos ao longo da sarjeta; e o vento era quase frio, quase morno, na rua Marquês de Abrantes. E as folhas eram amarelas, e meu coração soluçava, e o bonde roncava.

Passamos diante de um edifício de apartamentos cuja construção está paralisada no mínimo desde 1930. Era iminente a entrada em Botafogo; penso que o resto da viagem não interessa ao grosso público. O próprio começo da viagem creio que também não interessou. Que bem me importa. O necessário é que todos saibam que chegou o outono. Chegou às 13h48, na rua Marquês de Abrantes e continua em vigor. Em vista do quê, ponhamo-nos melancólicos.

Rio, março, 1935

Noturno de Bordo

Não, Rubem, tu não serás jamais um homem de navio. Passageiro de terceira ou passageiro de primeira, tu, que não enjoas, que amas o mar sobre todas as coisas, tu nunca terás alma de passageiro. Eis os imigrantes que emigram. Vão de regresso para a Alemanha, para a Áustria. Vão para a guerra? Onde vão? Na terceira classe funciona uma sanfona. Um velho alemão faz gemer a sanfona. Tem os bigodes brancos e ruivos enormes. A cara é triste, magra e parada, cara de velho doente. Dança-se. Quem dança? É um homem de 43 anos; uma mulher de 38. Gorda, rosada, usada. Dançam. A dança é bávara. É fidalga e alegre. Mas o homem e a mulher são apenas imigrantes que emigram. Riem-se de si mesmos, visivelmente. Recordam tempos mortos em uma aldeia da Baviera. Dançam a dança leve pesadamente. Outra mulher velhota canta. Também é gorda, mas sua voz é fina.

No salão da primeira ouvimos piano, violino e bateria. Tocam fox e marchas. Dança-se. O navio é lento. A noite é suja. Não há estrelas, nem um belo vento forte noturno, um sudoeste raivoso que fizesse a noite escura gemer.

As luzes do navio vão iluminando as águas. Mas as luzes de bordo chegam fracas dentro d'água, a água mal iluminada pela luz elétrica é fria. Tu, rapaz, serás sempre um canoeiro, um capoeiro, sem remédio, sem lâmpadas elétricas.

Uns vomitam, outros dormem. Há quem toque e quem dance – e tu não danças nem tocas, nem dormes nem vomitas. Tu apenas reparas que a água do mar, a coisa mais linda, aparece feia e triste sob a luz elétrica de bordo.

Na terceira do Lloyd Brasileiro os homens dormem no porão. Os beliches estreitos são alinhados em dois andares e enchem demais o porão.

O ar tenta entrar por cima e pelas vigias. Mas não consegue penetrar neste ar de dentro, pesado, sujo, quente, úmido, com um cheiro sufocante de sarro, de mercadorias, de porão.

Há homem demais nos beliches, entre homens, sobre homens. Uns fedem, outros rezam antes de dormir, outros dormindo dizem palavras feias em dialetos que ninguém entende. Uns dormem completamente vestidos, outros completamente nus, outros não dormem. Ficam no beliche exíguo olhando a fraca lâmpada elétrica acesa perto de sua cara, vendo os corpos dos outros homens se mexendo nos outros beliches. As mulheres estão em outros compartimentos do porão. Muitos se julgam pessimamente instalados em suas camas em um porão tão cheio. É engano deles, ilusão deles. É necessário não esquecer que sobrou gente lá para cima, junto da proa, onde o navio joga demais e o vento é irritantíssimo quando chove.

Gasto meia hora conversando com um tuberculoso suíço. Conta mistérios a respeito de certas mulheres que vão a bordo. Ah, certas mulheres já bem maduras da classe intermediária... Ele viu alguma coisa. Em sua opinião o leite das vacas suíças é excelente e a vida não presta. Tu, Rubem, nada entendes a respeito de vacas, e pouco a respeito de vida.

O baile da primeira classe acabou, os passageiros vão para os camarotes. Quatro frades fumam cachimbos, conversam em alemão e gargalham em alemão. Deixemos abertas as vigias do camarote. Permitamos que o companheiro ronque. Fechemos o livro, a luz, os olhos. Amanhã cedo será Vitória. Hoje o sol morreu em Cabo Frio, atrás do rochedo tão alto. O mar estava belo, havia um nordeste embora fraco. O sol se espalhou em sangue no mar. Vieram tubarões. Tubarões, acaso o sangue do sol moribundo vos assanhou? De todos os sangues só tu, sangue do sol, não assanhas os tubarões, pois és apenas sangue de luz. Fecha o livro, as vigias, a luz, os olhos, fecha. És um canoeiro, nada além de um canoeiro.

Bahia, abril, 1935

Véspera de São João no Recife

O que é da terra, é da terra, e fala da terra. João, eu falarei da terra. Ora, João, tu tinhas um vestido de peles de camelo, e uma cinta de couro em volta de teus rins; e a tua comida era gafanhotos e mel silvestre. E a filha de Herodias bailou, e era linda. E quando disse o que queria neste mundo, o rei entristeceu. Eras a voz que clama no deserto, e clamavas na cadeia. E tua cabeça veio num prato para as mãos da bailarina.

João, esta geração de homens continua a mesma da qual disse o Senhor: "São semelhantes aos meninos que estão assentados no terreiro, e que falam uns para os outros e dizem: nós temos cantado ao som da gaita, para vos divertir, e vós não bailastes; temos cantado em ar de lamentação, e vós não chorastes".

João, ontem foi a noite de véspera de teu dia. O povo bailava ao som de gaitas. Não bailei nem chorei. Estive em Boa Vista, Afogados, Areias, Tigipió, na Estrada de Jaboatão. E estive em Campo Grande e Beberibe. E estive, por que não dizer?, na zona noturna da ilha do Recife. E em toda a parte, o povo te festejava.

Às vezes, chovia furiosamente, às vezes a lua brilhava. E às vezes o céu ficava parado e fechado, sem luz e sem chuva. Mas na terra humilde, a noite era sempre a mesma. As casinhas, à margem das ruas esburacadas, estavam alumiadas por lanternas. É um enfeite triste, colorido, de uma luz pobre. Nas janelas e nas portas se penduravam as estrelas.

Estrelas gordas de papel de cor, com uma luz fraca por dentro. Esses balões estrelados, cativos da parede, forneciam imagens nas ruas tão escuras. As estrelas do céu, por exemplo, haviam descido para a terra, para perto da lama, para as casinhas baixas. E teu retrato, segurando o menino Jesus, estava colado nelas. Pelos quintais enlameados, as fogueiras ardiam. Firmadas por quatro estacas, com folhas de cana, bananeiras meninas enterradas em volta, as fogueiras enfeitadas, de espaço a espaço, ensanguentavam a noite preta. Elas haviam brotado nos oitões, nos mangues, nos pomares, junto das pontes, ao longo das ruas, pelos fundos dos matos, como flores de fogo na noite preta.

E os fogos pipocavam. O Recife, João, todos já sabem que é um prato raso. A água é quase irmã da terra, beijando a flor das ruas, e as pontes quase se apoiam na massa líquida, e, para ver a cidade, é preciso andar toda a cidade...

Os fogos pipocavam pela noite adentro. Uns tinham estalos secos, intermitentes, esparsos; outros rebentavam roucos; outros chiavam; outros crepitavam; outros eram urros de pólvora. Eu não estava no meio da noite, eu estava no centro de muitas noites. E muitas noites antigas avançavam, negras, sobre mim, e eu as reconhecia, penosamente. Estava deitado na trincheira, fazia três abaixo de zero. Os fuzis inimigos amorosamente derrubavam folhas sobre mim, as balas passavam com uns silvos finos e iam morrer no fundo do mato. Eu bebera cachaça, estava deitado na terra fria da trincheira e, pelas montanhas enormes, pelos buracos dos vales fundos, as metralhadoras crepitavam, crepitavam.

João, eu as conhecia pelo sotaque; eram todas estrangeiras. Aquela do oeste era Hotchkiss pesada, a que estava em baixo era Colt, uma cacarejando em nossa frente era Zebê, e centenas de máquinas cuspiam fogo. Agora, sobre o meu crânio, assobiavam apenas os fuzis Mauser dos caçadores de trincheiras, e longe, do outro lado da linha, do outro lado da noite, roncou um Schneider. Nas primeiras noites, João, eu não podia dormir, e as granadas, quando rebentavam a cinquenta metros, rebentavam dentro de meu peito. Agora eu desistira de ter qualquer medo, e o metralhar imenso me dava sono. Eu apenas temia morrer não tendo nome nenhum de mulher para dizer palavras do fim. Eu voava nos caminhões de munição, acossados pela metralha nas estradas, sobre o abismo, nas curvas onde as balas furavam as carrocerias, a toda a velocidade, de faróis apagados na noite escura, sacolejando e roncando terrivelmente. Mas para mim não era mais uma noite perigosa: era apenas uma grande noite triste. Eu não queria matar ninguém, não me importava se alguém me matasse, e dois sargentos me olhavam com ódio, murmurando que eu era um espião. Eu era espião, João, João; eu era um espião da vida, no meio da morte. Eu ainda não tinha vinte anos, não tinha mais nenhum deus para me entender depois da morte, não tomava banho há um mês, estava sujo e magro, meu lápis de repórter quebrou a ponta. Havia esse mesmo crepitar de fogos pela vasta noite, e, junto dos acantonamentos, as fogueiras se acendiam para os soldados gelados. Meu papel de repórter estava sujo da terra das trincheiras, eu já não escrevia nada. A guerra era demasiado estúpida para não me fazer sorrir, eu não reconhecia aliados nem inimigos; apenas via homens pobres se matando para bem dos homens ricos; apenas via o Brasil se matando com armas estrangeiras. No fim, João, eu berrei contra os comerciantes da paz que haviam sido os comerciantes da guerra, e, entretanto, eu não conhecia o mecanismo das carnificinas; e me chamaram de cínico, quando somei os contos de réis que custava a morte de um soldado e disse que tal morte era muitas vezes mais cara que um naufrágio de primeira classe no *Principessa Malfalda*, só contando munição gasta. Eu não era cínico, João, eu, pelo menos, jamais fui cínico do cinismo dos cães de luxo; eu sempre tive o direito de ter o cinismo puro dos vira-latas, sem casa nem dono.

João, eu não tenho mais dezenove anos, estou na rua e não na trincheira, mas esses estampidos na noite transformam a noite. João, alguém canta, moças cantam nos bailes dos palanques, entre canjiquinhas, milho-verde, folhas, flores, fogueiras, abraços, olhares, amores, e outras noites me cercam. Eu tinha treze anos e naquela noite, ela subitamente me amou. Me amou talvez apenas um minuto, sentiu uma ternura e me deu aquele lenço de seus cabelos. Era um lenço grande, de flores encarnadas e azuis, e aquela chita estava sempre em volta de sua garganta ou amarrada em seus cabelos. Eu dormi na praia e o lenço tinha um cheiro terno e quente de cabelos castanhos, e aquele cheiro me entontecia e nunca em noite nenhuma eu amei nem amarei mais amada com amor assim. João, naquela noite também havia cantos, e o vento do sudoeste no ar escuro tinha o mesmo cheiro.

João, são muitas noites antigas que me prendem no meio desta noite. Pobres as noites sob as lâmpadas da redação, mesquinhas as noites de trabalho insincero, tristes noites sem ternura noturna. João, o povo, na noite imensa, festeja a ti. Há fogueiras e amores e bebedeiras, mas eu não irei a festa nenhuma. Amanhã, João, esse povo continuará na vida. Por que o distrais assim com teus fogos, João? Amanhã, os pobres estarão mais pobres e os ricos os esmagarão, e muitos homens irão clamar nas cadeias, como tu clamavas. João, amanhã outra vez a miséria dos donos da vida continuará deturpando a beleza da vida; as moças suburbanas irão perder a beleza no trabalho escravo; as crianças continuarão a crescer, magras e ignorantes; o suor dos homens será explorado. João, João, inútil João; o povo está gemendo, as metralhadoras se viram para os peitos populares. Ninguém dividiu as túnicas, nem os pães, como tu mandaste, João, inútil João.

Recife, junho, 1935

Luto da família Silva

A assistência foi chamada. Veio tinindo. Um homem estava deitado na calçada. Uma poça de sangue. A Assistência voltou vazia. O homem estava morto. O cadáver foi removido para o necrotério. Na seção dos Fatos Diversos do *Diário de Pernambuco,* leio o nome do sujeito: João da Silva. Morava na rua da Alegria. Morreu de hemoptise.

João da Silva – Neste momento em que seu corpo vai baixar à vala comum, nós, seus amigos e seus irmãos, vimos lhe prestar esta homenagem. Nós somos os joões da silva. Nós somos os populares joões da silva. Moramos em várias casas e em várias cidades. Moramos principalmente na rua. Nós pertencemos, como você, à família Silva. Não é uma família ilustre; nós não temos avós na história. Muitos de nós usamos outros nomes, para disfarce. No fundo, somos os Silva. Quando o Brasil foi colonizado, nós éramos os degredados. Depois fomos os índios. Depois fomos os negros. Depois fomos imigrantes, mestiços. Somos os Silva. Algumas pessoas importantes usaram e usam nosso nome. É por engano. Os Silva somos nós. Não temos a mínima importância. Trabalhamos, andamos pelas ruas e morremos. Saímos da vala comum da vida para o mesmo local da morte. Às vezes, por modéstia, não usamos nosso nome de família. Usamos o sobrenome "de Tal". A família Silva e a família "de Tal" são a mesma família. E, para falar a verdade, uma família que não pode ser considerada boa família. Até as mulheres que não são de família pertencem à família Silva.

João da Silva – Nunca nenhum de nós esquecerá seu nome. Você não possuía sangue azul. O sangue que saía de sua boca era vermelho – vermelhinho da silva. Sangue de nossa família. Nossa família, João, vai mal em política. Sempre por baixo. Nossa família, entretanto, é que trabalha para os homens importantes. A família Crespi, a família Matarazzo, a família Guinle, a família Rocha Miranda, a família Pereira Carneiro, todas essas famílias assim são sustentadas pela nossa família. Nós auxiliamos várias famílias importantes na América do Norte, na Inglaterra, na França, no Japão. A gente de nossa família trabalha nas plantações de mate, nos pastos, nas fazendas, nas usinas, nas praias, nas fábricas, nas minas, nos balcões, no mato, nas cozinhas, em todo lugar onde se trabalha. Nossa família quebra pedra, faz telhas de barro, laça os bois, levanta os prédios, conduz os bondes, enrola o tapete do circo, enche os porões dos navios, conta o dinheiro dos bancos, faz os jornais, serve no Exército e na Marinha. Nossa família é feito Maria Polaca: faz tudo.

Apesar disso, João da Silva, nós temos de enterrar você é mesmo na vala comum. Na vala comum da miséria. Na vala comum da glória, João da Silva. Porque nossa família um dia há de subir na política...

Recife, junho, 1935

Recife, tome cuidado

É tardinha e o bonde atravessa a Gameleira. Os mocambos estão afundados na lama. São casinhas de palha, de tábuas, de barro, de latas, e são tão sujas que parecem feitas de lixo. Estão cercadas de lama, plantadas na lama, e o chão das casinhas é lama. Quando chove – e chove dias e dias, noites e noites – a chuva entra nos mocambos, o vento escangalha os mocambos, a água afoga os mocambos. Milhares de caboclos passam a vida naquela lama. Todos são doentes. As criancinhas barrigudas e amarelas choram sentadas na lama. Os porcos entram pelos mocambos. A miséria é absoluta. A porcaria é absoluta. Quando a maré enche, cada mocambo é uma ilhota de lama.

É tardinha, o trabalho acabou na cidade. Os filhos da lama voltam para a lama. A água barrenta do rio beija a lama, sobe na lama, se mistura na lama, vira lama. As criancinhas morrem, os homens estão doentes, as mulheres crescem sujas, amarelas. São operários e operárias, são retirantes que não encontraram trabalho e que apodrecem na lama.

O bonde vai correndo na tardinha fresca. O bonde atravessa a ponte. O bonde passa no meio de casas limpas, de madeiras leves. A terra tem algum húmus, os jardinzinhos de praia rebentam junto à rua.

O bonde está na Boa Viagem. O sol morreu atrás dos coqueiros. As silhuetas dos coqueiros, os recortes finos de milhares de coqueiros dançam no céu que vai ficando escuro. Casas ricas. As jangadas descansam na areia da praia. Velas retardatárias andam no horizonte. Vinde para terra, jangadas. Está na hora de dormir.

Uma linha escura do recife corre junto à praia. As ondas morrem na areia com espumas humildes. Sobre o mar se acende uma estrelinha velha, muito pequena, muito dourada e brilhante sobre o azul que escurece.

Saltamos. Um vento vem do mar; é o vento do mar que está morrendo; está na hora do vento do mar morrer. As luzes se acendem nos postes brancos, ao longo da praia. A Pernambuco Tramways Power Company Limited é credora do governo, e por isso fornece uma luz fraca, amarela. O bondinho vem. O farol do bonde é tão amarelo, quase avermelhado, parece um sol passeando pela praia e morrendo no ar azul.

Outra vez os mocambos. Agora estão escuros. Nem a luz fraca da Pernambuco Tramways. Os mocambos adormecem no escuro, na lama. Há fome, frio, lama, doença, miséria, dentro de cada mocambo. Recife, linda Recife, tome cuidado. Duzentas e cinquenta mil pessoas vivem morrendo em seus mocambos. O homem do mocambo não pode dormir porque a mulher está doente, o menino está com febre, a chuva está caindo dentro da lama do mocambo. Recife, linda Recife, da linda praia, das lindas fontes, dos coqueiros lindos, Recife, linda Recife, tome cuidado, que você se estrepa.

Recife, junho, 1935

Reflexões em torno de Bidu

Extraordinariamente feio, o Teatro Santa Isabel!

Alguns *smokings* aparecem entre as roupas comuns de casimira e de brim. Há senhoras de vestido de baile e senhoras de chapéu. Há senhoritas de boina. As senhoritas de boina se empoleiram pelas torrinhas. São leves, portáteis, lindas, como passarinhos. Uma loura com um chapéu verde, a morena com uma boina marrom sobre cabelos castanhos; e elas se dão adeusinhos de longe, vibrando os dedos finos no ar, como se tocassem piano no espaço.

Entra Bidu, Bidu! Vem com um vestido excelente no corpo excelente; flores de cores misturadas feito uma cortina. A cortina é colante no corpo de Bidu. Aplico a Bidu um adjetivo que aprendi na minha terra. Adjetivo que serve para mulheres que não são lindíssimas, mas que exprime uma simpatia poderosa da carne e da alma. Bidu é simplástica. Essa palavra singular foi um negro que me ensinou.

Ela canta. Não entendo nada de canto, e com certeza vou dizer bobagem. Mas o que me emociona demais nos cantos de Bidu é sua voz sempre humana. Mesmo quando é um agudo, quando o som se desumaniza para ser um som puro, Bidu não perde seu grande acento humano. É sempre uma voz de mulher, uma voz saída de uma garganta de carne. Tenho ouvido grandes cantoras que me desgostam. Parece que a voz delas em certo ponto perde a graça natural; a mulher desaparece, fica só a voz, sem sexo nem humanidade, como se houvesse no palco um instrumento magnífico.

Bidu é incondicionalmente mulher, sua voz é sempre a voz da fêmea.

Perdoe, Bidu. Podeis entender em sentido figurado, perdoai se isso não vos agrada; sois sempre mulher... mulata. Há uma ternura nas vozes das mulatas que não encontro nas outras. Essa ternura, essa voz de mestiçagem, esse gosto de voz de mulata eu sinto nos cantos de Bidu. Haveria outro meio de dizer isso. Diria que ela é intensamente brasileira. Um dengue poderoso, uma graça de terra que se ama porque se ama desde os primeiros amores. Aquele troço tristíssimo de Mozart que ela enxertou na primeira parte: havia ali uma tristeza de tal jeito que só acho comparação na tristeza da voz de lavadeira cantando na beira do rio, longe, de tarde, uma lavadeira bem pobre, desinfeliz.

Vide e ouvi como Bidu faz feminino o tom marcial da "Marcha turca". É um milagre de feminilidade. Aqueles clarins que avançam e passam são clarins tocados em bocas rubras de mulheres moças.

A "Ária da loucura" foi uma coisa enorme. Aconteceu que o flautista era um velhinho de óculos. O velhinho começou sem acertar com o piano, um pouco alto demais. O pianista Ernani Braga (que não é meu tio) olhou para ele. O velhinho apitou outra vez na flauta e encabulou irresistivelmente. A flauta fazia greve e tremia nas suas mãos. E quando ele queria soprar uma nota, a flauta soprava outra. O velhinho, soprando com medo de soprar, tremia demais; e então Bidu pôs olhos lindos ferozes nele. Pra quê! O velhinho olhou Bidu e não teve nem coragem de olhar o povo, quase que engolia a flauta, disse que estava mui- -muito emocio... nado e não po-podia tocar não podia não podia. Na plateia houve murmúrios e emoções. Que pena sentimos do velhinho! Vai ver, pensei, que isso era o grande minuto da vida dele. Ele esperou cinquenta anos para to- car flauta nos cantos de Bidu, era sua glória número um. E na hora da glória encabulou, num fracasso completo. Que pena! O velhinho se foi, martirizado. Depois soube que ele até que é um velhinho especial na flauta, se chama Billoro e veio do Rio de avião só para tocar naquele minutinho ali. Mas que desgraça! Todo mundo atrapalhado, uns sentin- do raiva, outros com pena, outros quase chorando, outros querendo rebentar na gargalhada. Uma grande desgraça do gênero humano.

Ernani Braga ficou meio atrapalhado, teve de tocar flauta no piano.

Gounod abriu a terceira parte. Depois veio "L'eclat de rire". Risadas matinalíssimas de uma frescura de delícia, teve de repetir. Ninguém mais cantará aquilo melhor que Bidu. Depois a graça de "El piropo" e "Mi niña", esta quase melosa de tão doce.

A "Serenata" de Alberto Costa não me agrada. No fim a "Canção da felicidade", aquilo que já se sabe, a infalí- vel tempestade de aplausos. Bidu fez gentileza extrema de cantar mais três vezes, acabou com a "Rosamonde" e saiu do palco com aquele seu jeito altamente gostoso e bonito de andar, de sorrir, de se curvar agradecendo, qualquer coisa de uma Araci Cortes, que fosse finíssima.

Foi uma noite de delícias fartíssimas. É horrivelmente vergonhoso pensar que dos 450 mil habitantes do Recife só um punhadinho possa gozar tanta riqueza de sentimento, tanta vibração de beleza. Àquela hora, meia-noite, a imensa população trabalhadora dormia extenuada para acordar hoje cedo e trabalhar faminta... Mesmo se não houvesse tantas misérias tão graves, tão angustiosas, tão básicas, bastaria esse fato por demais triste de nem todo mundo ter direito de ouvir uma artista como Bidu para justificar uma revolução. Que não será a arte quando ela não for mais um odioso privilégio de classe? Que riqueza musical espantosa não se estraga para sempre no seio da massa, e como é absolutamente necessário que todo mundo ouça artistas como Bidu! No Teatro Santa Isabel há uma placa de bronze com uma frase de Nabuco: "aqui vencemos a abolição". Mas não vi nenhum negro no recital. Os negros e os brancos pobres – o enorme povo – não entram ali. Para eles estão fechadas as portas de todos os altos bens da vida humana. Velho Nabuco, há muitas abolições a fazer ainda.

Recife, setembro, 1935

Conheça outros títulos de Rubem Braga publicados pela Global Editora

Recado de primavera

Recado de primavera reúne crônicas de Rubem Braga em sua maioria publicadas na *Revista Nacional* e no *Correio do Povo*, de Porto Alegre. Elas abarcam um amplo leque de assuntos: mulheres, a Rainha de Nefertite, a Revolução de 1932, o diário secreto de um homem subversivo e – uma das predileções do cronista – as belezas que a natureza oferece aos olhos de quem sabem admirá-la, como as nuvens, os passarinhos e o brilho das estrelas sobre o mar.

Neste livro, um dos últimos que Braga publicou em vida, o cronista comprova mais uma vez sua sensibilidade única para narrar um fato, dividir uma impressão pessoal e compartilhar com seus leitores um pouco de seu modo leve e, ao mesmo tempo, perspicaz, de sentir e de ler o mundo.

Ai de ti, Copacabana!

Nas crônicas "A minha glória literária" e "Nascer no Cairo, ser fêmea de cupim", como em tantas outras deste clássico livro que é *Ai de ti, Copacabana!*, Rubem Braga destila o melhor de seu humor e de sua tão particular maneira de enxergar as múltiplas paisagens do mundo. Este seu novo modo de narrar histórias fez da crônica no Brasil um gênero tão importante quanto qualquer outro, como a poesia, o conto ou o romance.

Ai de ti, Copacabana, porque os badejos e as garoupas estarão nos poços de teus elevadores, e os meninos do morro, quando for chegado o tempo das tainhas, jogarão tarrafas no Canal do Cantagalo; ou lançarão suas linhas dos altos do Babilônia. (Da crônica "Ai de ti, Copacabana!")

O POETA E OUTRAS CRÔNICAS DE LITERATURA E VIDA

Nestas crônicas, todas inéditas em livro, Rubem Braga destila seu humor característico de cronista maior da literatura brasileira para falar de uns tantos amigos e companheiros de jornada: Monteiro Lobato, Graciliano Ramos, Clarice Lispector, Vianna Moog, Aníbal Machado, Álvaro Moreyra, Carlos Drummond de Andrade, Mario Quintana, José Lins do Rego, Manuel Bandeira, Mário Pedrosa, Agrippino Grieco, Joel Silveira e outros de mesma envergadura. São, em sua maioria, romancistas, poetas, críticos, contistas, jornalistas e outros profissionais do mundo da literatura com os quais ele trabalhou ou conviveu. São personagens de um tempo que não perderemos de vista tão cedo, exemplos de vida e arte que aqui se mostram grandes e heroicos na sua verdade – e na visão do irônico e insuperável cronista.